# CIRANDA NEGRA

ENI ALLGAYER

# CIRANDA NEGRA

PORTO ALEGRE
2011

*Preparação e revisão*
Rodrigo Rosp

*Capa e projeto gráfico*
Humberto Nunes

*Foto da autora*
Formato Fotografia

Dados Internacionais de Catalogação na Publicação (CIP)

A435c Allgayer, Eni
Ciranda negra/ Eni Allgayer. – Porto Alegre : Dublinense, 2011.
128 p. ; 21 cm.

ISBN: 978-85-62757-32-7

1. Literatura Brasileira. 2. Contos Brasileiros. I. Título.

CDD 869.937

Catalogação na fonte: Ginamara Lima Jacques Pinto (CRB 10/1204)



Av. Taquara, 98/504
Petrópolis – Porto Alegre – RS

contato@dublinense.com.br

dublinense

*Ao Allan Francisco, meu neto,*
*que inicia a sua jornada literária*
*brincando com blocos enfeitados*
*pelas letras coloridas do alfabeto*

# A CIRANDA DOS DESPEDAÇADOS

Caio Riter

Quem escreve, se escreve, o faz pela necessidade de dar conta da realidade que o cerca. Mas não basta jogar palavras no papel. Não. Escrever, creio, é mais. Sempre mais. Escrever exige domínio técnico, mas pede também um olhar sensível sobre o real. E são poucos os autores capazes de inaugurar realidades vitais através das palavras.

Eni faz isso.

Em sua ciranda sensível, ela vai captando retalhos da vida, pedaços nem sempre nobres da realidade. Aliás, em sua maioria, ela coleta fragmentos de vidas não-vidas, de vidas meio-vidas, e nos apresenta personagens angustiados, torturados, em sua maioria, por um passado infantil que lhes negou aquilo que o interior pedia, necessitava: a capacidade do sonho.

E, para contar suas histórias, Eni faz uso de uma estrutura clássica, tradicional, que se vale de belas e detalhadas descrições (não gratuitas, e sim potencializadoras do conflito central) e de finais surpreendentes. Porém, a atmosfera que ronda as personagens é mais importante do que as peripécias que elas viverão, o que concede aos contos sua inserção na modernidade. Assim, uma simples maçã, uma câmera de vídeo ou uma garrafa de vinho podem ser deflagradores (ou solução) para um universo sufocante, claustrofóbico. Seres presos às suas próprias condições, às suas limitações, aos seus desejos de vingança ou de justiça acumulam-se nos contos urdidos pela segurança de uma escritora que apresenta a vida sob um viés sensível. Sensibilidade que comove, mas que não faz concessões.

Imersos em uma ciranda negra, em um rodar constante, infinito, os personagens, independentemente de classe social, trazem a infância como espaço para a semeadura dos males que os afligem. Soçobram, pois, mutilados, mal acabados. Alguns desejosos do reencontro consigo mesmos. Reencontro que, por vezes, só é possível através da aniquilação do elemento perturbador, mesmo que esse seja um professor, o marido ou a própria mãe.

Não há tempo para remorsos, não há espaço para a indagação sobre os atos realizados. Apenas os protagonistas agem, num rodar constante, sem espaço visível para a fuga. São órfãos, são restos, são pedaços de gentes que circulam pela vida à procura do encontro. Todavia, o desencontro parece ser sua maior condição.

Mas se não há remorso, há dor – muita dor. Dor que oprime, mas que, ao mesmo tempo, mobiliza os personagens para que sigam em frente (ou em círculo) em seu fado trágico, sempre tendo a morte (feito urubus em sua escura ciranda) a espreitar suas vidas. A Indesejada sempre ali, estendendo a mão, convidando para o casamento final.

E, embora na maioria dos contos o universo seja rural, ainda pouco maculado pelo progresso, os protagonistas não estão imunes aos torpes sentimentos que a dor do viver lhes impinge. Os flashes de sofrimentos captados com maestria por Eni são expostos de forma crua, imparcial. O narrador conhece sua função, é sabedor de que apenas há histórias a serem contadas, mais nada. Assim, se mantém à distância, apenas escolhendo as palavras (sensivelmente elaboradas), a fim de dar conta dos pedaços de vida a serem narrados.

Mergulhar na ciranda de Eni é afundar no lodo da vida. É sentir a dor do viver em toda sua intensidade. É perceber que bons textos são fruto da fusão entre técnica e sensibilidade. Creio que estas duas são fundamentais para a construção de um escritor. E Eni, nesses contos que conversam entre si e em que se percebe a presença de um projeto literário, as tem de sobra.

# ÍNDICE

# A MAÇÃ

Estremecia. O corpo todo estremecia de prazer enquanto os dentes trituravam o bocado da maçã, deixando o sumo escorrer pelos cantos da boca. Olhou para a fruta que enchia a pequena mão de unhas encardidas. O vermelho fora rompido, expondo a massa branca marcada em alguns pontos por nódoas escuras. Os dentes ficaram impressos na polpa macia. Fechou os olhos para se concentrar no ato de mastigar. Era bom. Muito bom, pensou, ainda com os olhos cerrados.

A segunda mordida não tinha a surpresa da primeira, mas trazia em si o prazer da delícia recém-descoberta. Sentou sobre um tronco meio apodrecido que se elevava em direção ao céu, como mão em prece. As pernas balançavam de um lado para o outro, enquanto os olhos passeavam sobre a colina que se formava, dia após dia, num crescente estranho, quase mágico. A revoada de pássaros negros sinalizava a chegada de mais um caminhão com os restos da cidade vista ao longe, com seus edifícios pintados de branco.

A cada mordida da menina, o vermelho ia desaparecendo junto com o miolo. Com tristeza, percebeu que a maçã acabara. Concentrou-se, então, no ato de roer as sementes uma a uma.

Consciente de que nada havia sobrado, limpou as mãos na barra da saia, levantando. Os pés descalços afundaram no chorume amornado pelo sol. Aproximou-se da mãe, que ainda estava ocupada com a abertura de sacos plásticos. Fitou-a com medo. A mãe ditara uma lei, que ela agora havia burlado. Para disfarçar, enxotou os urubus. As aves disputavam lugar com os cães e figuras vagamente humanas. E todos corriam em direção ao veículo que subia, esgueirando-se por entre os entulhos. "Esse é dos bons", alguém gritou, no empurra-empurra.

— Ana, e a maçã?

— Não sei, mãe. Não tá no carrinho?

— Não, Ana. Você comeu?

— Claro que não, mãe.

— A maçã é do seu pai, eu já disse. Ele gosta de maçãs, você não esqueceu do que lhe disse, não é? Trate de encontrá-la, se não quiser sentir o peso do meu braço — a mulher ameaçou, agarrando um galho.

Ainda sentindo o gosto da fruta entre os dentes, a menina retrocedeu, com os olhos postos no vulto furioso da mãe. O silvar da vara assoviando no ar foi substituído pelo barulho do motor e os rangidos da caçamba se elevando para despejar os restos da feira. As rodas enormes foram crescendo por trás da mãe, enquanto as duas se encaravam. Havia uma fartura de frutas sazonadas sobre o corpo mesclado ao material decomposto, quando o caminhão retrocedeu, dando lugar a um grupo de pessoas andrajosas, que, em alvoroço, se lamentava ao redor da carga. De joelhos, sacudida por um choro sem lágrimas, a menina colocou uma maçã na mão inerte que emergia por entre os detritos.

# SEGREDOS

O arvoredo escondia o regato onde Brunilda lavava a roupa. A água borbulhando como arrulhos de pombo jogava-se sobre as pedras, resvalando de uma para a outra, enquanto o batedor se elevava e descia com força sobre o encardido dos tecidos. A espuma densa feita de sabão e sujeira deslizava sobre a tábua, indo macular a água, que, fugidia, se lançava para longe, rápida, indiferente à presença da menina. A saia presa à cintura desnudava as pernas, dos pés até a penugem dourada das coxas firmes. Tudo úmido, molhado, estremecendo as sutilezas da aragem. José, ocultando-se atrás das árvores, por entre as folhas verdes, vinha sorrateiro, como o gato do mato, pronto para abocanhar a sua vítima, que, indefesa, se deixaria abater, naquele jogo antigo de avanços e recuos. A brincadeira iniciava no mergulho do fauno, que emergia nu em frente à ninfa escondida por um véu de pudores, que desaparecia quando ele a cortejava, atiçando a curiosidade das delícias prometidas. Ela, enfim, capitulava, jogando-se ao cristal da água, onde se deixava desnudar entre carícias, numa rede de braços, mãos e lábios que deslizavam sobre a pele branca, aquecendo-a por inteiro. Já não menina, mas fêmea, ela se deixava envolver, e ele se afundava de mansinho em seu corpo no mesmo ritmo da fonte.

A colheita vendida às pressas. O pai precisava de dinheiro para fazer frente às despesas do casamento. Perturbado em suas ideias, ele não falava com ninguém. Levantou de madrugada e saiu no seco, sem tomar o chimarrão diário, nem o café com leite, meio a meio, como lhe apetecia a cada manhã. O cheiro do pão de milho saindo do forno não lhe atiçou a fome. Passou uma água na cara, vestiu as bombachas favadas, calçou as alpercatas, demorando-se no preparo do cavalo, encilhado entre afagos, e no palheiro de fumo novo para sair pitando a sua dor. De companhia, só o Valente, que nunca o abandonava. O cachorro o escoltava dia ou noite, farejando capivaras, catetos, cervos e cobras, que se enrodilhavam nas sendas de sua passagem. O pai estava velho. Envelhecera assim num repente, encolhendo para dentro de si mesmo, e, murcho, desistira de mostrar uma energia que já não tinha.

A mãe tentou agradar o marido, esperasse um pouco, já havia ordenhado a Malhada e colocado o leite para ferver. A chaleira chiava, aquecendo suas águas, e o pão já na peneira, sobre a mesa, estava ainda morno. Separara um queijo meia-cura e duas pernas de linguiça. A manteiga tinha sido batida no dia anterior, quando colocara o coalho no saco para escorrer. Era só temperar o requeijão para comer com a geleia de uva da safra passada. Ele não respondeu e saiu no trote. A mãe assoou o nariz. Fungaria o dia inteiro, com os olhos machucados das águas salgadas vertidas durante noite na falta da inconsciência do sono. Fracassara no papel de mãe de moça nova, afrouxando na vigilância. O marido jamais a perdoaria. E, completando a desdita, a vaquilhona do último desmame da Malhada viraria churrasco. Ele já havia decidido, perdesse a esperança de transformar a bezerra em vaca leiteira. Não havia outro jeito.

Brunilda adivinhou o movimento dos pais, afinando os ouvidos, mas não escutou palavras. Revirou-se na cama, espichando braços e pernas. Passou a mão direita espalmada sobre o ventre, levemente intumescido, numa carícia suave, quase medrosa, enquanto a outra mão contornava os seios, um de cada vez, sentindo-os redondos e rijos. Os bicos escuros e salientes haviam crescido e se tornado mais sensíveis ao tato. Suspirou, sentando na cama. A prenhez ainda lhe era estranha. Era uma desonrada, a mãe dissera. "Que pouca vergonha, sua infeliz", o pai gritara, arrancando o cinto das calças e se jogando sobre ela, em açoites sem clemência. As estrias escuras ainda adornavam o corpo esguio: doloridas e dolorosas. Contudo, as marcas que ficaram no pensamento doíam mais, muito mais.

O pai chegou à vila e foi direto ao cartório. Entregou as certidões sem muito esclarecer. O escrivão, após exame, tomou o livro e escreveu palavras, nomes, números. Recebeu o pagamento e garantiu o serviço, apertando a mão calosa que se lhe estendia, desmanchando-se em mesuras. O pai saiu dali, atravessou a rua e entrou na venda. Escolheu uma seda branca que amarelara, esperando quem a quisesse. Mandou medir um pedaço e cortar. Pediu linha e renda, dessas fininhas de enfeitar arremates, mais dois metros de tule com bolinhas, para fazer o véu, e um par de sapatos brancos. Contou algumas notas, entregou-as ao vendeiro e, agarrando o pacote, se despediu. Logo adiante, ingressou na igreja, tirou o chapéu e se pôs de joelhos em frente ao altar, onde ruminou orações e queixas. Despido de culpas, com os olhos úmidos, fez o sinal da cruz e bandeou para a sacristia. O padre o recebeu e ouviu o jorro de palavras, que lhe saíram da boca como farpas na carne. Então, sacudiu a cabeça, pesaroso, anotando as mesmas palavras, nomes e números que o notário tinha escrito. A seguir, deu-lhe a destra ao beija-mão e guardou o livro preto com ar preocupado.

A mãe foi limpar a horta. As cebolas exigiam cuidados para desenvolver os bulbos. Carpiu quieta no seu cismar, sem cantiga nem assovio de encher de sons a quietude. A enxada pisando a terra, ferindo o solo macio que se deixava afofar pelas pancadas ritmadas e fortes. De vez em quando, as lágrimas pingavam dos olhos mansos caindo sobre as plantas viçosas, misturadas ao suor que porejava do corpo inteiro. Mulher triste e magoada adubando a terra. Uma filha, tão mocinha, emprenhada nas macegas, sem conhecer do mundo um nada. Era a sina, ela intuiu, passando a mão áspera sobre o ventre abaulado, sustentado pelas pernas azuladas, cheias de veias grossas. Mais um filho a caminho, mais uma boca para alimentar. Não contando o falecido ainda pequeno, esse era o sétimo. E, entre todos, apenas uma menina, graciosa e brejeira, na sua boniteza de olhos azuis e pernas longas. Ah, minha garotinha, o que foi que você fez da sua vida nesses quinze anos, a mulher se perguntava, entre gemidos de dor. Não bastava uma parir e parir, e agora a sua menina, tão formosa, esgarçando o corpo a repetir o destino da mãe nesta grota sem futuro.

O pai tirou os arreios do cavalo, encheu o cocho de feno e o balde de água para só então entrar em casa, trazendo a mala de pano sobre os ombros. Caminhava numa canseira que nem ele entendia. Largou as compras e se jogou sobre um banco. Cinco crianças estavam à mesa, escondidas atrás dos pratos fartos de feijão com arroz e ovo frito. A cuia pronta à espera. Ele a tomou nas mãos, pegou a chaleira e serviu o mate, sorvendo o líquido impaciente, percebendo que o corpo exigia cuidados. Depois do primeiro gole, sentiu o calor abrandar a mágoa congelada no peito. Olhou ao redor. A mulher estava à porta com um feixe de lenha. O vulto roliço não lhe despertou os sentidos como outrora; no entanto, sentiu vontade de mergulhar no calor de seus braços à procura de conforto. Ela largou a lenha no caixote e sorriu esfregando as mãos. Ele serviu um mate e lhe passou a cuia. Era o mesmo ritual de todos os dias, a comunhão silenciosa de perdoar e aceitar as atribulações da vida. Por fim, apresentou as compras. Com tremor indisfarçável, ela desembrulhou o pacote e sorriu, alisando o tecido. Roupas para a filha, que suas mãos vão costurar.

A mãe guardou o embrulho, pensando no modelo do vestido. A filha não tem jeito para roupas, não se importa muito com detalhes, e nem precisa. Tem uma boniteza que dispensa enfeites, até nos dias de amuo e isolamento, que pintam olheiras escuras, nublando o brilho do seu olhar. A mãe já decidiu: não vai deixar que faça feio. Apesar do malfeito, vai usar vestido branco, véu e grinalda. A comadre, mãe daquele infeliz do José, prometeu ajuda no preparo dos comes e bebes, mas a despesa fica por conta da família da noiva. Não pode ser diferente. É o costume. A mãe nunca gostou daquele menino insensato, impertinente e estouvado. E agora vai ter de aturá-lo na família, sabê-lo bolinando em sua menina, com aquele jeito atrevido. O marido quis matá-lo, ela não deixou. Seria pior.

Brunilda estava à beira do regato, sentada sobre uma pedra. Os pés na água fria balançavam de um lado para o outro. Os olhos, mergulhados na transparência líquida iluminada pelo sol, seguiam os peixes que nadavam no fundo do córrego, mas o pensamento estava longe. Suspirou, tentando arrancar a dor ardida que pulsava em seu peito. José tinha vindo de novo. Agora, vinha todo dia, depois que o pai falou em casamento. Mas ela já desgostara daquilo.

Não sentia mais fogo que antes lhe atiçava quando ele a despia e cobria entre afagos. Haviam feito aquilo tantas vezes, apenas por gostar, porque era bom. Não pensara em compromisso, casamento, viver junto, nem em filho crescendo dentro de si, mudando seu corpo, aprisionando-a neste lugar, a repetir a saga da mãe e da avó. Sempre ouvira falar que a água corrente evitava a prenhez, chá de arruda era infalível para fazer descer as regras, assim como mascar folhas de pariparova. Tomara as beberagens e fizera as simpatias, sem resultado. A mãe descobrira seu segredo e sentia vergonha dela. E o pai lhe batera, pela primeira vez, com raiva, com desprezo. Decidiram casá-los para reparar o erro, sem ao menos a consultar. Nessa hora, preferia ser um bicho qualquer, pois os via copular sem receios, seguindo apenas o instinto. Mais uma vez, aguçou os ouvidos e o olhar, detendo-se na festa dos sabiás que disputavam os frutos vermelhos das pitangueiras, nos colibris que dardejavam por entre as flores, dividindo o pólen com as abelhas, no coaxar dos sapos, no esvoaçar dos grilos e libélulas, nos gritos da seriema, dos macucos e jacus que povoavam o brejo e a sanga. Eles eram livres. Seus olhos se detiveram num alvéolo onde uma mariposa lutava para se libertar de uma vida de lagarta. Ao compreender que era preciso sair do casulo para se transformar em borboleta, ela tirou as roupas e, nua, subiu de galho em galho até o alto da caneleira, onde amarrou a corda que usavam para sujeitar a Malhada, fazendo dois nós. Em seguida, em gestos lentos, passou o laço no pescoço e se largou de braços abertos, voando em direção à água, que ainda murmurava coisas, segredos que ela nunca entenderia.

# O OUTRO

Pra mim, naqueles tempos, família era um pai que não era meu de fato, dois irmãos que eram por inteiro, e três apenas em parte; e mãe, que era mãe de todos, mulher de marido vivo e marido morto. Pra completar o entrevero, a seca e as safras perdidas nos tiraram da roça, como aves de arribação. Tangidos pelo destino, acabamos numa cidade onde não conhecíamos ninguém. Amofinado, me apartei dos meninos do lugar pela diferença de costumes e por desgostar do apelido de matuto. Arrematando a desdita, o exército convocou o irmão mais velho, e a irmã, que ficava entre nós na escala de idade, foi trabalhar numa fábrica de biscoitos. Agora, havia apenas a escola e os pequenos que andavam sempre atrás de mim, num João pra cá, João pra lá. O pai, que eu chamava ele assim desde que aprendi a falar, dizia que guri quando fica amofinado é que nem sarampo, incomoda e exige cuidado. Foi aí que ele resolveu nos levar ao cinema pra espairecer, sem adivinhar que eu ficaria deslumbrado pelos filmes que mostravam um tipo de vida que nunca imaginei existir. Ali mesmo, botei nas ideias que precisava conhecer o mar e as terras por onde ele passava. Na escola, a professora explicou que havia mares e oceanos, uns apartados dos outros, mas, pra mim, existia apenas o mar dos filmes, coalhado de navios, onde as aventuras aconteciam. E veja bem como o fio do destino vai se entrelaçando, criando teias pra enredar os menos avisados. Depois de ver as tais fitas, intentei que precisava enfrentar aquele desafio de um jeito ou de outro. A vó, que não era minha, mas que agia como se fosse, falava que pensamento tem força, pois hoje acredito que tem. Desejei, mas desejei tanto mudar minha sina e me livrar daquela pasmaceira que, num repente, Deus ou o diabo me atendeu. Cheguei a pensar que o outro brotou de dentro de mim, por força do meu querer. Mas, de fato, a gente se encontrou em frente ao cinema, numa tarde de domingo, quando eu já tinha licença pra ir sozinho às matinês. Assim, do nada, ficamos cara a cara, como quem tá na frente do espelho. Mudo de espanto, mirei o guri de olhos verdes e topete ruivo caindo na testa sem atinar se aquilo era real ou imaginário. Apenas as roupas nos diferençavam: eu, um roceirinho mal-ajambrado; ele, moço da cidade, bem vestido, falando bonito. "Tu não achas esquisito isso entre nós?", perguntou de supetão. "Mas, bah! Nunca que vi nada igual!". "Onde tu nasceste?". "Em Tabocas. E tu?". "Aqui mesmo. E a tua idade?". "Treze recém-completados". "Eu também". Não bastassem as parecenças que havia entre nós, descobrimo-nos tocaios: João, os dois. Estaquei, ensimesmado, mas ele, num desembaraço de fazer inveja, me puxou pelo braço rumo à sala envolvida em penumbra, tateando até achar dois bancos vagos. Nessa tarde, dividi a atenção entre a tela e o guri que tava ao meu lado. Percebendo meu entusiasmo, ele confessou que também gostava de filmes de aventuras, especialmente de piratas. Naqueles tempos, que isso já vai pra lá de sessenta anos, uma sessão de cinema iniciava com o capítulo de um seriado que se arrastava por meses, depois, vinha o primeiro filme e, então, o segundo, que era sempre o melhor. Isso dava umas quatro horas de bunda pregada em banco de madeira sem estofamento. Sabe como é? Então, quando o sujeito levantava, as partes estavam amortecidas e a cabeça nas nuvens. Ainda assim, eu sentia um baque quando a luz alumiava a sala, rompendo devaneios e visagens. Arrebatado pela descoberta, me isolei do pessoal lá de casa e até parei de tomar refresco na varanda, no vaivém da cadeira de balanço, junto com os pequenos, contando os filmes que tinha visto. Agora, só me interessava o novo amigo, com quem passei a me encontrar todos os dias, numa prosa de vontades em que tudo combinava, como se o miolo de um fosse o do outro. Gêmeos por artes do destino, pois de sangue e carne sabíamos ser impossível. Eu escutava suas façanhas no querer que fossem minhas. E, assim, ele foi me cevando com suas ideias, como porco engordando na encerra. Um dia, assim, sem mais nem menos, propôs a fuga. "Vais me dizer que nunca pensaste nisso? Conversa que não! Todo guri anseia por se largar no mundo, mas poucos têm arrojo ou valentia pra tanto". Hoje, pode-se até duvidar que eu tenha feito uma coisa dessas, mas, naquele tempo, fiz. E olhe que ainda não havíamos botado barba na cara ou pelo no corpo quando decidimos nos engajar em algum navio e virar pirata. É, desses piratas que navegam sob uma bandeira de pano preto com um crânio entre ossos cruzados, armados e dispostos a abordar qualquer navio e cometer todas as barbaridades possíveis. Feito o ajuste de dia e hora, me enchi de receios, mas não queria dar parte de frouxo. Na última noite em casa, na quentura da cama, chorei de medo e raiva, encafifado comigo mesmo. Enfim, na sexta-feira, ao me largar pra escola, levava na mochila um cobertorzinho ralo, uma muda de roupa, alguns trocados, um pacotinho de arroz, meio pão e uma perna de linguiça. Na despedida, a mãe me deu a bênção, como era de seu costume, e aproveitei pra avisar que, depois da aula, ia pescar com os colegas de escola num sítio, e talvez dormisse por lá. Ela já conhecia a mãe daqueles piás e sorriu, desejando boa sorte na pescaria. Tava até alegre por eu ter, afinal, arranjado alguns amigos. A confiança atraiçoada me abalou, mas tratei de enterrar essa agonia no fundo do peito, sepultada por uma montanha de planos, como voltar um dia, famoso e rico. João aguardava na esquina com um saco no ombro e uma espingarda de caça enleada em panos. Quando dei por conta, Pancho, o guaipeca lá de casa, nos seguia, receoso. Chamei-o com um assobio e ele veio contente lamber minhas mãos. Por precaução, seguimos pelos campos visando cortar distâncias e evitar as estradas. A praia de mar mais próxima era a vila de Tramandaí, a ser alcançada num estirão de quatro dias de pernada se enveredássemos pelas fraldas dos morros. Se a vila tinha mar e praia, teria, também, porto e navios. Chegando lá, arranjaríamos uma maneira de sermos aceitos como grumetes, que era assim que se começava a carreira de marujo. Não era fácil atravessar capoeiras, banhados, riachos e capinzais. Cansados, estacamos quando o sol pairava em pino lá no alto. Sem delongas, devoramos o naco de pão com linguiça, espichados sobre uma pedra. Naquela noite, tendo escalado um cerro coberto de mata grossa, percebemos que quatro dias não bastavam para atingir nosso destino. Sobre o Morro das Cabras, João me jogou o isqueiro, avisando "Está na hora de caçar alguma coisa pra comer". Fiz uma fogueira, enquanto ele desaparecia na macega. Na panelinha furtada de casa, coloquei um tanto de água e outro de arroz, aproximando-a do fogo. "Bosta! Droga! Não achei animal algum", rosnou ele, ao retornar. "Paciência. Vamos comer arroz com gabiroba. Tem um pé carregadinho logo ali", berrei, correndo em direção à árvore. Antes de alcançar o primeiro galho, um tiro acertou o tronco arriba da minha mão, estremecendo o perau, que retumbou em ecos. Assustado, caí sobre uma pedra e feri o joelho. Uma fisgada de dor encheu meus olhos de água, enquanto o vermelho tingia a calça, aquentando a perna inteira. "Por que isso?", gemi atordoado. "Não gosto de gabiroba", ele respondeu, enfiando outro cartucho na arma. Arrastei-me pra junto do fogo, rasgando a fralda da camisa a fim de estancar a sangueira. Calado, ele pegou a panela e começou a comer, reclamando da falta de gordura e sal. Por fim, devolveu-a com apenas uma raspa pastosa presa ao fundo enegrecido. Ignorando meus protestos, ele deitou encostado num barranco, perto do fogo. Comi o que foi possível, mas aquilo foi escasso para aplacar-me a fome ou a do Pancho, que gania baixinho deitado aos meus pés. Meu xará tava diferente. Antes, alegre e contador de causos; agora, calado, respondendo minhas perguntas com resmungos e grunhidos. Dormir ao relento foi outro sufoco: o joelho doía, o vento soprava gelo por entre a trama rala do cobertor e o fogo apagou por falta de lenha. Assim que a luz permitiu, usando o canivete, cortei um galho em forquilha para fazer uma muleta. Não conseguia colocar o pé no chão. Quebrei o jejum com gabirobas caídas ao solo sob os gracejos de meu companheiro, que passou a me chamar de vira-bosta. Afrontado, pedi-lhe que parasse, mas o deboche prosseguiu. Naquela manhã, ele matou uma lebre. A jornada era lenta por causa do meu joelho ferido; além disso, a fome nos obrigava a colher qualquer frutinha que havia pelo caminho. E aí, arrematando o enleio, dei de vomitar como um louco. Era entrar alguma coisa no bucho e deitar fora. Eu achava que nada pior podia acontecer até começar a soltura. Era um desarranjo de botar as tripas pra fora. Não tem coisa que se compare. No quinto dia da jornada, arriado e sem serventia, avisei. "Volto pra casa. Não aguento mais". "Tu só retornas se eu deixar", ele gritou em resposta. "O quê? Quem decide isso sou eu. Se quiser volto, ora bolas". Num segundo, ele voou sobre mim aos socos e pontapés, tirando-me o canivete. "Não pia, senão acabo com a tua raça", rosnou cheio de ódio. Foi aí que o Pancho latiu em minha defesa, recebendo um chute que o jogou longe. Nessa noite, dormimos distante um do outro, numa toca no alto do Itacolomi, em meio às pedras. Lá pelas tantas, ouvimos um chocalho. Era uma cascavel pronta pra dar o bote. Confesso que não fosse o João, que deu um tiro certeiro na cabeça do bicho, eu não tava aqui agora, contando este causo. Mas tudo tinha preço. Pela manhã, fui obrigado a tirar a pele e o bucho da serpente para cozinhá-la. Antes de comer, ele atirou um pedaço pro Pancho, que, esfomeado, engoliu o naco inteiro. Feito isso, enfiou um bocado em minha boca mandando engolir. Ponderei que aquilo podia me fazer mal por causa do estômago fraco, mas ele me socou e não tive escolha. Eu sabia que a carne não estava envenenada, porque o tiro havia cortado a cabeça da cobra e era nela que o veneno ficava, mas ele não sabia. Apontando-me a arma, esperou um pouco e, não vendo reação em suas cobaias, se fartou. A partir daí, matava qualquer animal, obrigando-me a provar pra depois comer. Nossa amizade se esvaiu. Já não era o outro eu, cheio de sonhos, mas um ser de pura malvadeza. "Vamos lá, moloide! Coma, seu imprestável!". Eu ouvia xingamentos o tempo todo sem reagir, pois mal tinha forças pra ficar de pé. Famintos, encontramos um mandiocal, que me pareceu ser mandioca brava, porque no interior ainda se fazia muita farinha nas atafonas caseiras, mas o meu xará obrigou-me a arrancar um pé e cozinhar. Lá pelas tantas, virei a panela de propósito. O Pancho, que andava tão varado de fome quanto nós, se atirou sobre o cozido com desespero. Minutos depois, começou a ganir, rolando de um lado para o outro. Em minutos, uivava de dor. Nervoso, João o apedrejou, enxotando-o pro mato. Pela manhã, fui encontrá-lo duro em meio à espumarada que lhe saíra pela boca. Enterrei-o sob uma camada de pedras e folhas e seguimos adiante. Ao anoitecer, de cima de um morro, avistamos um mundaréu de água refletindo as cores do céu. Mal dormimos ansiosos para recomeçar a jornada. Lá, das alturas, a distância parecera pouca, mas havia trechos alagadiços, tremembés e um sem-número de desafios a serem vencidos. Noite alta, nos abeiramos da água. A lua cheia havia nos guiado até ali. "Onde tá a cidade?", nos perguntamos. "E o porto? Onde?". Esgotados, enfiamo-nos sob um arbusto e caímos no sono. Pela manhã, acordei com o meu companheiro gritando. "Isso não é o mar, seu merda! É apenas uma lagoa". Calado, concluiu que não teríamos forças pra continuar. Enquanto ele se aliviava, ouvi um ronco de motor e me larguei pela capoeira em direção à estrada, jogando-me em frente ao carro. A caminhonete veio pra riba de mim, atirando seixos pra todos os lados. Nessa hora, minhas pernas amoleceram e caí, mais morto do que vivo. Dois homens me colocaram no banco traseiro do carro. Nessa hora, o João apareceu apontando a arma aos gritos: "Vira-bosta, seu filho da puta! Sai daí, senão te meto uma bala no meio dos cornos". "O que é isso, menino? Abaixa essa arma". "Desça do carro se quiser continuar vivo". "Te acalma, ele tá doente, ferido, precisa de um médico". "Isso quem decide sou eu. Desça daí, infeliz". Tentei apear, mas as pernas fraquejaram. Foi quando um dos homens jogou a arma longe e o outro imobilizou meu algoz, amarrando-o com as próprias roupas. Retornamos, nove dias após a partida. No caminho, soube que aquela aguada era a Lagoa dos Barros e que, na tal vila de Tramandaí, não havia nem portos nem navios. E que era tudo ilusão e mentira essa coisa de cinema. Arrependido, pensei no sofrimento causado à família por causa da minha sandice. Osmar, um dos pescadores, perguntou se não éramos os meninos fujões de que falavam os cartazes, rádios e jornais. Confirmei ao chegar a um posto da Polícia Rodoviária onde ele entrou, retornando logo depois com um policial que trazia o tal cartaz e um jornal com nossos retratos encimados pela palavra: Desaparecidos. Meu xará foi desamarrado e começou a pelejar, gritando um sem-número de palavrões. Sem alternativa, o policial o algemou e retomamos a estrada, agora escoltados pela viatura da polícia. Eu não tinha forças pra falar e apenas chorava, estremecendo de frio. "Tá com fome, menino?". "Esfomeado é pouco! Não sabemos o que é comida vai pra mais de nove dias", respondi, limpando os olhos com a manga da camisa. "Calma, meu filho. Calma que tudo se ajeita. Ali, no Posto da Policia, liguei pro número de telefone que estava no jornal, e a pessoa que atendeu disse que avisaria seus pais", falou, abrindo um pacote de biscoitos. Peguei um e ele passou o pacote pro João, que o arrebatou com ganância. Nessa hora, perdi os sentidos. Acordei com um troço enfiado em meu braço. Ardia, e quis coçar, quando uma mão segurou a minha. Era a mãe. Não a mãe que corria de um lado pro outro, dando ordens, falando alto, rindo de qualquer coisa, mas uma mãe emagrecida, com os olhos fundos, num arroxeado de noites maldormidas. Fazia três dias que eu tava no hospital, desacordado e alimentado pelo tal do soro, disse ela, antes do médico chegar, falando coisas que fugiam do meu entendimento. Encurtando o causo, passei dez dias na Santa Casa tomando injeção na bunda e nos braços, além de engolir comprimidos e cápsulas, cada um maior do que o outro, sob os cuidados da mãe, do pai ou dos irmãos, numa corrente sem fim. Sempre um depois do outro. Meus irmãozinhos não podiam entrar, mas, em compensação, sempre havia um bilhete ou um desenho quando a mãe chegava pela manhã. Ao voltar pra casa e pra vida, intentaram que eu precisava avivar as forças na casa da madrinha Adelaide, que vivia sozinha numa fazendola. Foi uma alegria só. Renasci correndo pelo campo, livre como o vento, em meio aos bichos e à natureza. Era apojo do leite ainda morno, cuscuz, ovo quente, pamonha, pães, frutas, queijos e gemadas. Logo, as cores voltaram-me pra cara, e as forças pro corpo. Então, chegou o dia de tomar o trem e debandar pra vida de sempre. Enfezado, tentei argumentar que precisava ficar ali; contudo, a madrinha temia me tomar por inteiro. Achava que não ia dar conta de cuidar de um moleque safado, disse, quando implorei pra ela pedir pro pai interceder com a mãe. O pai, que viera nos buscar, contou que o outro João havia sido internado no Manicômio Judiciário por causa do malfeito com a avó antes da nossa aventura. Ele deixou a velhinha presa num porão, e ela só foi encontrada três dias depois, quase morta de fome e de sede. O filho dessa vó, que era o pai do João, resolveu interná-lo. O pai, que agora sabia meu, não de sangue, mas de afeto, disse que eu podia voltar pra casa sem receio. Tudo tava resolvido. Engasgado, falei que não era por medo que resolvera permanecer no sítio, mas por gostar da roça, da terra e dos animais. E tanto insisti nesse ponto que cá fiquei, indo pra casa só de visita. Tornei-me homem assim, entre idas e vindas. Ao desencarnar, a madrinha me deixou suas terras em legado, e aí, fui comprando outras pra emendar. A estância cresceu e o preço dela também, inda mais agora, que tá coberta de rebanho. Então, meu neto, deu pra entender por que não gosto de cinema? Pode ser birra ou cisma, sei lá. Mas não é por medo, não.

# CIRANDA NEGRA

Otílio largou a navalha sobre a prateleira, onde guardava o pouco que tinha, mas voltou a pegá-la. Sobre a tábua áspera, ficaram a Bíblia, com a capa rasgada e algumas folhas em frangalhos; o isqueiro, que servia para acender a vela à noite ou o fogão, quando tinha alguma coisa para cozinhar, o que ultimamente era raro; e um pacote de farinha de mandioca. O palheiro, amigo de muitos anos, ficou no tempo em que colhia o milho antes das folhas ficarem ressecadas e cortava as palhas rentes ao sabugo, escolhendo aquelas macias e suaves ao tato. Feito isso, elas ficavam presas a um gancho de arame na parede, de maneira que era só puxar uma de cada vez durante o ano.

Criterioso, naquela época, dava-se ao luxo de cuidar com apuro dos brotos de fumo que enterrava na terra adubada, livre de pesticidas, para depois colher e enfornar o tabaco para o gasto. O fumo que ia ser vendido para a companhia, esse sim, era espargido de quando em quando com agrotóxicos, de acordo com a orientação do agrônomo. As folhas grandes e lustrosas ficavam livres de insetos e cobertas de veneno.

Problemas de matemática para o quinto ano, tabuada para o quarto, ditado para o segundo e terceiro, enquanto os alunos do primeiro ano trabalham com as letras. Não é fácil preparar o conteúdo para trinta e quatro alunos, divididos em cinco séries, com idades e estágios de aprendizado distintos, ponderei mais uma vez, arrumando as cadeiras de acordo com o número de crianças que frequentavam a escola, que se resumia a uma sala, com um quadro de ardósia e janelas de madeira, fechadas por tramelas. Irmã Tereza, lá do internato, dizia que professora do interior precisava mais do que preparo para vencer os obstáculos. Ah, e como ela tinha razão! Ensinar com tanta precariedade vai além do dever, exige amor. Quando penso em desanimar, vejo o rosto do pai no dia em que recebi o diploma. Para ele, que já perdeu tudo o que tinha para o banco e foi obrigado a recomeçar do zero, trabalhando de sol a sol para vencer a adversidade e restaurar a honra, formar uma filha foi motivo de muita alegria. E só eu sei o sacrifício que o pai e a mãe fizeram para que eu terminasse o curso e viesse lecionar nesta escola, fechada havia um bom tempo.

Saindo da choça herdada após a morte da mãe, Otílio se deteve e olhou para o céu. Lugar amaldiçoado, resmungou, cuspindo de lado. Não dava planta alguma. Terra esturricada, cheia de pedregulhos. Só macega. Puxou um pigarro e desceu até o riacho, onde lavou o rosto. Então, subiu até a estradinha que ia para a vila. Caminhava sem pressa, apreciando as crianças que corriam em direção à escola escondida além da colina. Sorriu, sacudindo as moedas que levava no bolso. O velho hábito lhe trouxe à lembrança o antes, quando tinha terra, mulher, filhas e nome. Maldito gerente do banco! Antes do empréstimo, era só rapapés, mas, no fim, virou-lhe o rosto, quando ele foi pedir um prazo para fazer o pagamento. Então, veio a derrocada, a perda da terra e da família. A mulher não aguentou viver numa barraca de plástico na beira da estrada e, então, se foi, levando as três meninas. Vingou-se do gerente com uma punhalada certeira, em frente aos companheiros, vítimas do mesmo ardil. Mas a solidariedade esperada não veio. Eles foram as testemunhas que o mandaram para a cadeia.

O pai manda cumprimentar os mais velhos, os conhecidos, pra mostrar educação. A mãe gosta de dizer que suas meninas são criadas do jeito antigo, nos costumes. O pai surrou a mãe essa noite. O pai bebeu. Quando ele bebe, a mãe manda a gente sair pelo fundo e se esconder no mato. A mãe fica sozinha e apanha sem gritar. Não gosta que os vizinhos fiquem sabendo. Mesmo assim, todos descobrem por causa dos machucados.

Seu Otílio vem vindo pela estrada, arrastando os pés. Uns falam que ele é bom com as crianças, que dá bala e sorri, mostrando um riso sem dente. Outros acham que é pessoa educada, levanta o chapéu pra dizer bom dia ou boa tarde. A mãe diz que ele é um assassino perverso, de olhar capcioso. Ela tem nojo de gente assim! Manda ficar longe. O pai diz que ele é mau porque já sofreu muito, servindo de galinha pros mais velhos, quando tava na cadeia. O pai tem medo do seu Otílio. Desde que ele voltou pra cá, o pai bebe. Eu também não gosto dele! Ouvi dizer que não é muito certo da cabeça. Fico com raiva quando ele passa a mão no meu peito dizendo que ainda tá verde, que vai esperar inchar mais um pouco. Fala que fruta tem que estar no ponto, nem verde nem madura. Nessa hora, mira a gente com os olhos em brasa, parecendo o coisa ruim.

Ele também fez isso com a Zuca, uma menina da escola, e ela correu dando risada, com as balas que ganhou. Eu nunca que peguei as balas. Sempre fico olhando pro chão, vexada. Outro dia, seu Otílio tentou baixar a calcinha da Zuca, mas os meninos do quinto ano chegaram e ele disse que tava erguendo ela depois de uma queda. Mentira! Então, ela sumiu. Diz que acompanhou um rapaz. Estranhei o causo, porque a Zuca só tinha treze anos e nunca a vi conversar com moço nenhum.

Otílio voltou os olhos para o chão e mediu a sombra que encolhera sob seus pés: meio-dia, pouco menos ou pouco mais, deduziu, apressando o passo no retorno da vila. Lá em cima, a ciranda negra dos urubus marcava espaço. Carniça certa. Deus tem sabedoria, pensou, sacudindo as moedas, bichos faxinando a natureza na faina de limpar ossos, sem deixar carne em putrefação. A poucos passos da trilha que seguia para a escola, arrastou-se para baixo de uma árvore e ficou acocorado atrás das moitas. As crianças passaram em bandos, num alvoroço de andorinhas em tempo de estio. Esperou mais um pouco e sumiu na picada que levava ao pequeno prédio abrigado atrás das pedras. A professora fechava as janelas, cantarolando, como sempre. Esperou atrás da jabuticabeira azulada de frutas e, quando ela se voltou, surgiu à sua frente, torcendo-lhe o braço. Sem delonga, a empurrou para o mato. Era fácil seguir até a choupana escondida entre brenhas, depois de encontrar o córrego coberto de seixos arredondados. Agora, haveria gozo, comida e contentamento durante vários dias para ele e para os urubus. Essa era a segunda filha que vingava. Para completar a tarefa, carecia esperar mais um pouco até a terceira menina crescer. Só assim se livrava da jura prometida: tirar dos traidores o que lhe foi tirado. "Olho por olho e dente por dente", dizia o pai, lendo o livro sagrado. E ele sempre seguia os santos preceitos.

# ELISA

Não havia ninguém nos arredores quando a noite desceu sobre a terra, devorando a luz. Ansioso e sentindo o baque surdo do sangue circular em suas veias, ele acendeu uma vela, colando-a com pingos da cera derretida sobre uma bancada para, em seguida, remover os obstáculos que os separavam. Finalmente, estavam a sós. Nada mais se interpunha entre os dois. Já não havia hierarquia ou preconceito que pudesse afastá-los. A face rude se contorceu num sorriso ao vê-la submissa, deitada à sua frente, com os olhos cerrados e a boca oferecida, como manga madura; a pele em leve rosado; os cabelos negros arranjados de forma a cobrir parte do rosto e dos ombros. Admirou a grossa corrente que acariciava a pele do pescoço descendo por sobre os seios, presa ao medalhão de ouro que tremelicava sob a claridade da vela, conforme a brisa que vinha do rio. Acariciou-lhe os pulsos frágeis recobertos pelas pulseiras que tantas vezes ouvira tilintar, quando ela sacudia as mãos de um jeito peculiar, tão seu, fazendo-se entender sem a necessidade de palavras.

Por fim, fixou o olhar nas mãos entrelaçadas em suave harmonia, os anéis cobrindo-lhe os dedos. Ele sempre ficava atordoado quando via a filha do patrão, desde a infância, na escola. Era a garota mais bonita do colégio e também a mais rica. Era um sol ao redor do qual todos gravitavam. Contudo, ninguém ousava aproximar-se em demasia, pois, como o próprio sol, ela era inatingível, afastando qualquer um sem desmanchar o sorriso. A sua arma era o olhar, um olhar que congelava inundado por uma força estranha, como pudesse dominar o mundo com aquele oceano esverdeado, recoberto por cílios longos e negros.

"Elisa", murmurou baixinho, antes de depositar um beijo sobre os lábios que, durante toda a vida, ansiara sentir sob os seus, contornando-os depois, com os dedos grossos e ásperos de um trabalhador braçal. Então, já sob a bruma esfumaçada que nascia para filtrar os pálidos feixes de luz que escoavam da lua, ajoelhou-se sobre o corpo amado que, naquele momento, se assemelhava a uma taça de cristal em mãos ineptas para um brinde. Tudo o que ele queria era fazê-la sua, mas demorava-se na contemplação, tolhido, como se algo bloqueasse seus instintos. Tomá-la era como violar um precioso relicário do qual não se sentia merecedor. Enquanto se debatia entre tais conjecturas, retirou os anéis, as pulseiras, a corrente e os brincos, colocando-os no bolso do casaco. "Eu jamais andarei sem minhas joias", a ouvira repetir inúmeras vezes para as amigas, gabando-se da prodigalidade do pai, que sempre atendia seus pedidos.

Mas agora, devido às circunstâncias, os adereços mudariam de dono. Ela haveria de entender, justificou-se, começando a despi-la, em lentidão calculada. A cada parte exposta, sentia o desejo aumentar, numa necessidade desconhecida. Admirou o corpo firme e rijo que a ginástica e toda a sorte de cremes e massagens haviam moldado.

Apressado, percorreu as linhas esbeltas desde o pescoço até os pés com os lábios sequiosos, oferecendo beijos arrebatadores e afagos suaves com as pontas dos dedos, sucções e todos os estímulos que aprendera com as prostitutas que visitava desde os onze anos. Aos poucos, foi se tornando mais lento. Já não agia sob o frenesi inicial, demorando-se nas carícias. Esmerava-se no ritual planejado havia muito. "Não posso deixá-la partir sem conhecer os deleites do amor", murmurava enquanto se consumia, febril e obsequioso. O mundo agora se resumia aos dois corpos ajustados como peças de um quebra-cabeça. A passividade feminina foi desaparecendo aos poucos. Tudo nela passou a ser quentura e aconchego, numa correspondência insólita. As mãos macias debatiam-se como asas de borboletas antes de se fixarem em seus cabelos, deixando-se enredar ali durante algum tempo para, em seguida, apalpar a nuca, descendo pelas costas num leve roçar, até as unhas pontiagudas penetrarem com força na pele tisnada pelo sol, abrindo sulcos profundos em sua trajetória.

Assombrado e urrando de dor, ele pulou do caixão, tropeçou na tampa e caiu, espalhando parafusos, coroas e flores. Para sua surpresa, Elisa estava sentada com os olhos verdes muito abertos e a boca em gritos de espanto. Desesperado, ele fugiu, nu, aos berros de "Ai, meu Deus! Ai, meu Deus!".

# A MÃE

Toni acordou assustado e sentou na cama, o coração aos pulos. A mulher se mexeu ao seu lado.

— O que foi, bem?

— Não foi nada. Dorme — ele resmungou.

Aninhando-se sobre si mesma, ela tornou a adormecer e ele foi para a cozinha. Tomou um copo de água em grandes goles, sentado à mesa, na penumbra. A cidade começava a acordar, pressentiu pelos ruídos abafados que ouvia ao longe, no vaivém dos motores que venciam distâncias.

Havia sonhado com a mãe novamente. A mãe. Ele não gostava de pensar nela, quanto mais sonhar com ela. Aquilo não era sonho, era um pesadelo que trazia à tona coisas que ele gostaria de esquecer de uma vez por todas. Fechou os olhos, e as imagens lhe vieram à mente nítidas e claras. Viu-se uma criança de pés descalços, calção sujo, camisa rasgada aberta no peito por falta de botões. Amanhecia enquanto ele percorria a viela com a pesada trouxa de roupas sobre a cabeça. Apesar do peso que levava nos ombros, sorria, antecipando a costumeira xícara de café com leite e a fatia de pão que dona Esperança lhe oferecia quando chegava cedinho.

Em passos lentos, passava e repassava o livro que acabara de ler: *Vinte mil léguas submarinas*. Aquilo é que era vida, pensava, vestindo a pele do capitão Nemo para viajar por oceanos imaginários, aportando em ilhas paradisíacas, onde as nativas lhe ofereciam banquetes. Saciava-se com a imaginação.

— Cuidado, o grande pirata Tonico está chegando. Rendam-se — gritava, eufórico.

Não notou o carro que avançava veloz em sua direção e assustou-se com o som estridente da buzina. Caiu e soltou a trouxa, que se desfez, espalhando as vestes sobre a lama. Indiferente ao acontecido, o carro desapareceu na esquina, e ele ficou estático, olhando atarantado para a roupa que a mãe havia lavado e passado com tanta dedicação.

Só então tomou consciência do que aquilo representava, sentindo de antemão as pancadas que a mãe lhe daria. O olhar turvado manifestava o medo do castigo iminente. Não havia nada a ser feito senão juntar a blusa de renda branca de dona Esperança, enfiando-a no embrulho mal feito, que recolocou sobre a cabeça. Retornava para casa cabisbaixo. Além da surra do castigo que viria, fora-se também a expectativa da xícara de café com pão e manteiga.

— Oh, infeliz. O que aprontou dessa vez? Você não presta pra nada mesmo. Estafermo! O trabalho de três dias desperdiçado. Passa aqui, seu desgraçado.

O corpo contraído diminuía ainda mais. A chinela não escolhia onde golpeava. Depois de algum tempo, parecia ele mesmo uma trouxa desfeita estirada no chão.

O corpo franzino de dez anos cheio de escoriações doía; contudo, ele não soltou nenhum gemido. Seria pior. O sangue escorria pelo nariz, entranhando-se na terra úmida, misturada às águas servidas que desciam pelo morro. A fuga se deu através da escuridão onde ele mergulhou, inconsciente.

Ao voltar a si, ainda estava no mesmo lugar. O sangue havia parado de escorrer, e o nariz, entupido pelos coágulos ressequidos, dificultava a respiração – a boca aberta à procura de ar. Trêmulo, colocou-se de cócoras. Uma dor súbita o fez gritar. Ninguém acudiu. Ao seu lado, as galinhas ciscavam o sangue seco que cobria a terra. A camisa estava endurecida, engomada pelos próprios fluídos. Os ouvidos magoados escutaram a mãe praguejando no tanque, junto da bica. Ele nunca havia se sentido tão miserável, tão sozinho, tão vazio. Olhou ao redor procurando um ponto de referência, mas só via miséria nos casebres que se juntavam, descendo a encosta.

Levantou escorando-se no canto da casa, os olhos ainda buscando conforto. A estreita viela que se inclinava até a estrada era o único convite. Lá embaixo, a cidade brilhava nos arranha-céus e no mar azul salpicado de embarcações de todos os calados. Num esforço supremo, curvou-se, tomado pela náusea, entretanto, nada existia em seu estômago. Havia muito não sabia o que era uma refeição. Tropeçando nas próprias pernas, começou a descer o morro num caminho sem volta.

Toni nunca mais havia visto a mãe. Agora, ela vinha assombrá-lo em seus sonhos, trazendo aquela dor ardida que lhe abrasava o peito, nublando as ideias.

Preciso reagir, pensou, dirigindo-se ao banheiro. Tomou uma ducha e se vestiu com pressa. Não podia demorar. Entrou no quarto dos filhos. Os gêmeos dormiam tranquilos nos berços azuis. Beijou-os suavemente. Despediu-se da mulher com um afago antes de sair.

— Já vou, meu bem.

— Boa sorte.

— Não estou certo se quero fazer isso — murmurou, pensativo.

— Nós já discutimos esse assunto antes, lembra? É preciso — ela instigou.

Ele desceu antes do sol nascer de todo. Seus companheiros já o esperavam, numa bifurcação perto da linha vermelha, solidários como sempre. Começaram a subir pela estradinha íngreme, a atenção redobrada.

As lembranças doloridas assaltaram-no ao perceber que a criança que um dia fora ainda vivia nele. Reconheceu o prédio arruinado da oficina mecânica onde fora atropelado. Era um casal de meia-idade, brancos e gordos, falando uma língua estranha. Levaram-no para o hospital, entregando-o aos cuidados de enfermeiras e médicos. Daquele tempo, restara a sensação de aconchego da cama macia, das sopas quentinhas, das mãos amigas pousadas em sua fronte.

Pouca coisa mudara desde aquele dia, certificou-se, ao entrar no aglomerado desordenado de casas que se espremiam lado a lado, encobrindo as vielas. Sentiu vontade de desistir e retornar para o apartamento confortável que ocupava com a mulher e os filhos. Apesar disso, forçou-se a continuar.

Os caminhos permaneciam estreitos, mas os casebres agora formavam uma barreira compacta de tijolos e cimento, unidos por lajes de concreto.

Percebeu que chegava ao seu destino quando viu a cidade que se deixava desvendar lá embaixo, através da extravagante arquitetura piramidal que subia desordenada. O sol despontara e o calor aumentava na medida que galgavam o morro. O barulho do despertar dos moradores era traduzido na abertura de portas e janelas em busca de luz. Cães velhos e doentes descansavam em frente à porta da casa escorada entre uma mangueira carregada de frutos e um amontoado de bananeiras.

— É aqui! — disse, detendo-se.

Os amigos fizeram uma varredura ao redor por questão de segurança. Ele bateu na porta com força uma, duas, muitas vezes. Por fim, uma voz enrouquecida gritou:

— Quem é?

— Sou eu, mãe, o Tonico. Pode abrir.

— Que Tonico? Não sei de Tonico nenhum.

— Vim lhe buscar, mãe. Abra — insistiu.

O barulho de pés arrastados, tropeços, e a voz praguejante chegaram até ele: nada havia mudado, constatou, arrependido por ter-se deixado levar pela insistência da mulher, que, desde o casamento, o incitava a procurá-la.

Naquele momento, mais do que nunca, desejou ter sido gerado no ventre da italiana que o criara.

— Mãe, eu sou o Antônio, o Tonico, mãe — ele murmurou, entrando no casebre.

— O Tonico morreu. Aquele traste vivia sonhando acordado e acabou debaixo das rodas de um carro.

— Vim buscá-la, mãe. A senhora vai viver lá embaixo, numa boa casa, na cidade.

— Já sei! Você é o Quinzinho, o pai do Tonico. Vá embora, seu mentiroso. Coisa ruim! Sempre mentindo, sempre prometendo o que não pode cumprir.

— Mãe, é verdade. A casa já está pronta, à sua espera.

— Saia daqui. Eu não quero saber de você — ela começou a gritar.

O berreiro perdeu-se nos becos e vielas. A resposta chegou através de grupos que os cercaram, ameaçadores. Toni e os amigos debandaram ladeira abaixo, protegendo-se entre os desvãos das paredes.

# MALHAÇÃO DO JUDAS

Lacaio deixava as marcas de suas patas na terra arenosa, enquanto marchava, num trote cadenciado, pela estrada que cortava as roças e subia até os contrafortes da serra. Acomodado no dorso do animal, Plínio cavalgava metido em suas melhores roupas, observando o trigal ondular-se, sacudindo as espigas pejadas de grãos no conforme das lufadas do vento norte, que anunciava chuva grossa. Dentro de um mês, iniciava-se a colheita. E, dessa vez, haveria fartura, pensava ele, deixando o olhar se perder nas ondas esverdeadas que começavam a dourar.

A estrada se afundava no vale protegido por uma sucessão de montanhas. Umas mais altas, outras mais baixas, e lá se ia a cordilheira sumindo no horizonte, coberta por mata cerrada, ainda virgem de machado.

Plínio lembrou das caneleiras que cortara para construir a casa nova. Nunca tinha visto árvores tão frondosas e de lenho tão rosado quanto aquelas. Duas árvores apenas e fora o suficiente para extrair todas as tábuas para erguer o chalé.

Sorriu, antecipando a alegria da noiva ao conhecer o futuro lar. Domingo. Sim. Domingo a levaria até lá. Precisava convidar os sogros e as cunhadas, mas valeria a pena. Construída sobre as barrancas do rio, junto a uma nascente, a casa recém-caiada parecia faiscar contra o sol.

Um ano inteiro de trabalho, contando apenas os sábados e os domingos para derrubar as árvores, limpar o terreno, roçar as macegas e começar a casa pelo porão feito de pedras talhadas no capricho, seguindo pelas paredes reforçadas de tábuas de polegada, para só então chegar ao telhado.

Foram três meses para serrar as tabuinhas que substituíam as telhas na cobertura. Cristiano trabalhara ao seu lado dia após dia, desdobrando-se em cuidados para transformar madeira em arte.

Fora ele, também, o responsável pela decoração dos lambrequins de beirais rendados, cheios de voltinhas, formando pétalas de flores, e os delicados corações talhados nas janelas e portas. Caprichos de um sonhador, como dizia o pai.

— Precisamos honrar os costumes dos nossos avós — Cristiano afirmou.

Ele era o mais velho de cinco irmãos. Plínio era o segundo, depois vinham três meninas. E, entre todos, Cristiano era o mais inteligente, o mais dedicado e o mais prestativo. Já não usava o dialeto familiar. Aprendera a ler na gramática aos sete anos, aos dez relera a velha Bíblia da família por duas vezes. Entusiasmado pelo interesse do filho, o pai encomendou livros, que foram enviados pelos primos de Berlim. Cristiano os lia e relia, noite após noite.

O irmão era um bom rapaz, pensava Plínio, assoviando para espantar o tédio, enquanto deixava Lacaio seguir de rédeas soltas, certo de que ele já conhecia os caminhos.

Para retribuir a ajuda, resolveu que deveria casar Cristiano com uma das cunhadas. Ele tinha boa figura, mas era tímido no trato com as gurias. Agora, nomeado professor, era de sua obrigação constituir família. Não ficava bem professor solteiro ensinar meninas. Se a escola fosse apenas para meninos, ainda vá lá. Mas a comunidade não podia pagar dois mestres. A despesa com apenas um já era um grande fardo para as famílias da Linha Germânia.

Decidiu pedir ajuda a Elizabeth. Ela, com certeza, haveria de encontrar um jeito de aproximá-lo das irmãs. Talvez Lucila, por que não? O rosado das faces da jovem contrastava com o azul dos olhos repuxados, que se afinavam quando sorria, mostrando os dentes alvos. Sim, Lucila era a mais bonita entre todas. Cristiano ficaria bem servido, decidiu.

No domingo seguinte, organizou-se um piquenique para Elizabeth conhecer a casa nova. Os pais dela assaram um porco recheado de batatas; os pais dele entraram com as galinhas na farofa, as saladas, o arroz e as sobremesas, além da panelada de mandioca que se desmanchava, azeitada por toucinho frito.

Os noivos, sempre vigiados por forte aparato, sorriam encabulados na visita aos cômodos do chalé, especialmente ao quarto, onde a cama feita por Cristiano se destacava. Ele recortara dois corações também na cabeceira, um ao lado do outro.

As duas famílias, em mutirão de pais, irmãos, tios e primos, cercaram o pasto para o potreiro e cavaram os canteiros para a horta, circundando-a com um alambrado de taquaras tramadas com arame. As matriarcas trouxeram as mudas de árvores frutíferas, couve, rabanete, repolho e outros temperos e ervas de precisão. As meninas se encarregaram do jardim, buliçosas a enterrar as mudas de roseira, cravos e balsaminas.

No fim da tarde, na hora da merenda, assentaram-se todos sob as árvores, e Cristiano tocou a sua gaita de boca enquanto as mocinhas dançavam umas com as outras. Retiraram-se dali pouco antes da noite descer sobre o vale.

Aproximando-se o dia do casamento, Plínio obteve a permissão do sogro para conduzir Elizabeth e Lucila até a casa nova, levando parte dos enxovais. Cristiano os esperava, aplainando uma mesa. A chapa de ferro encomendada no povoado havia sido assentada sobre a estrutura de pedra do fogão campeiro. A chaleira sobre ela resfolegava aquentando suas águas.

Ele cevou um mate, oferecendo o primeiro a Lucila, que sorriu, encabulada. Plínio os despachou para o quintal com uma desculpa qualquer. Andaram os dois de um lado para o outro, examinando o brotar das hortaliças e das flores, enquanto os noivos ajeitavam os seus tesouros.

Era a primeira vez que o casal tinha um momento de intimidade, coisa fora dos costumes, pois de recomendações contra isso todos estavam aprecatados. Na hora do retorno à casa paterna, Plínio conduziu as moças, enquanto o irmão ultimava as tarefas.

As duas irmãs seguiram caladas sobre a boleia da carroça, enquanto Plínio assoviava, descontraído. Por mais duas tardes, estiveram os quatro na casa nova, entre trabalhos e folguedos.

Terminada a colheita do trigo, vendida a produção, o sogro finalmente estava em condições de pagar as comedorias. Reuniram-se as famílias para discutir a cerimônia e acertar os detalhes.

Ao retornar para casa naquela noite, Plínio vinha pensativo. Estranhara os olhos da noiva, marcados por lágrimas recentes. Perguntada, negaceou, mas acabou confessando: estava prenhe e não podia usar véu e grinalda. Se o pai descobrisse, mataria os dois, disse entre soluços. Era uma desonrada.

Ele olhou para o irmão, que cavalgava à frente, e, precipitando a montaria, emparelhou os cavalos. Confiante na sua discrição, contou a novidade, estremecendo de vez em quando pelo peso do seu pecado. Cristiano ouviu silencioso, de cabeça baixa.

— Essa afronta vai provocar vingança — murmurou, por fim.

— Então, eu não sei? É isso o que me assusta. Pedi a Elizabeth para ficar calada. Casamo-nos dentro de duas semanas. Ninguém há de perceber.

— Foi naquela tarde, não foi?

— Pode ser. Aquela não foi a única vez — o noivo retrucou.

Madrugada, Cristiano foi ao quarto do irmão, com uma ideia.

— E se eu falar com o teu sogro e pedir a mão de

Lucila em casamento. O que achas?

— No que isso pode ajudar? Se o velho souber do acontecido não descansa até se vingar. Parece que tu não o conheces! — resmungou Plínio, contrafeito.

— Um pedido de casamento feito assim, de repente, desvia o foco das atenções. Fica tranquilo, o teu casamento está próximo e, depois, gravidez não é doença e a barriga custa a aparecer.

— Mas gostas mesmo da Lucila? Serias capaz de casar sem enxoval, sem casa montada e sem dote?

— Faço qualquer coisa para te ajudar. Depois, não tenho medo do trabalho, tu bem sabes.

— Podíamos casar no mesmo dia e viver lá em casa até construíres a tua — Plínio falou, mais animado.

— Que seja assim — o outro respondeu, decidido.

— Ah, que alívio! O velho não vai perceber nada.

O pedido de casamento feito por Cristiano pegou a todos desprevenidos. Lucila desmaiou, a mãe teve palpitações, o pai sorriu contrafeito, afirmando:

— Cristiano, você é um amansa-burros de poucos recursos, mas sabe trabalhar, e isso me basta. Vamos dividir o enxoval das meninas, e que se compre mais algumas coisas para reforçar louças e fazendas. Como a festa é uma só, poupa-se na despesa.

— Obrigado, senhor. Vou me esforçar para fazê-la feliz, não tenha dúvidas.

— Veja bem: Lucila é prendada, guria nova, bonita, podia ter melhor sorte escolhendo um homem rico. Enfim, como ela aceitou de pronto o teu pedido, o assunto está encerrado. Casam-se as duas em quinze dias.

A colônia toda entrou em polvorosa. O assunto foi discutido em todas as casas, na igreja, no clube e até na cancha reta, em meio a uma carreira. O casamento do professor tinha algo de escuso, todos podiam jurar. Algumas mocinhas que nutriam esperanças de fisgar aquele rapaz, até então considerado um bom partido, começaram a conjeturar:

— Ele a seduziu. Só pode ser isso. Lucila sempre foi desavergonhada, vivia sorrindo para qualquer um. Deve estar prenhe, a infeliz.

Os comentários chegaram aos ouvidos do padre, que foi rápido à casa da moça tomar satisfação. Ela negou. Ele não se convenceu e foi ter com Cristiano, acusando-o frontalmente de sedução. Ele jurou inocência, mas a dúvida do padre persistiu. Para completar o escândalo, a data do casamento seria um Sábado de Aleluia.

Revoltados, os vizinhos souberam que o pai das noivas pretendia abater os animais para o churrasco do sábado às escondidas na noite de Sexta-Feira Santa. Cristiano era o culpado. Por sua causa, subvertia-se a ordem natural das coisas. Ofendia-se a Jesus, ofendia-se a Igreja, ofendia-se a Deus.

"Blasfêmia", gritavam as mulheres, benzendo-se, enquanto preparavam os vestidos para a festa do casamento.

Ao escurecer, alguns homens armados foram sorrateiramente espreitar a morada das garotas. Se houvesse matança antes da meia-noite, iriam se rebelar, dando uma lição exemplar naqueles ímpios. Enquanto isso, outro grupo levava um boneco feito de roupas recheadas de palha seca. Era o Judas para ser malhado. Haviam lhe dado as feições do novo desafeto: Cristiano.

Inocente de tais maquinações, o rapaz tomou o cavalo e se dirigiu ao sítio do futuro sogro para ajudar na carneação. O irmão viera antes, reservando um tempo para namorar. Cristiano troteava tranquilo, montado no seu baio, quando foi tomado de assalto pelos homens incumbidos de montar o fantoche do Judas. Depois de surrado impiedosamente, foi preso à única árvore que subsistia no amontoado de pedras que brotavam no lugar onde a estrada fazia uma curva para chegar à porteira do aludido sítio.

Enquanto esses homens vingavam a afronta, os outros se acomodaram numa boçoroca e ali emboscados vigiaram a propriedade, controlando o relógio. O cioso pai de família, no entanto, cumprindo com os ensinamentos cristãos, esperou o velho relógio da sala badalar doze vezes para, só então, começar o abate.

Vencidos pelo cumprimento dos preceitos religiosos do vizinho, o grupo debandou, deparando-se com Cristiano preso à árvore. Frustrados e julgando ser o Judas que os companheiros deveriam fixar ali para ser notado pelos convidados no dia seguinte, descarregaram as armas contra o vulto amordaçado.

Pela manhã, Judas, que por ironia se chamava Cristiano, foi encontrado sem vida, servindo de pasto aos abutres.

# CARTÃO POSTAL

— Sopa! De novo? É só isso o que você sabe fazer?

— Havia pouca coisa na despensa. Está difícil cozinhar. Precisamos de mantimentos.

— Mande esse menino buscar alguma coisa no mercado. Ele deve aprender a se virar desde cedo.

— Já mandei. Não teve coragem. É um idiota. Imprestável!

— Se não tiver serventia, devolva-o para o padre. Talvez seja mais fácil treiná-lo depois.

— Você está certo, eu não devia tê-lo trazido para casa neste fim de semana.

Acomodado no trem, recordou que não quisera roubar. Fora educado sob as ameaças do fogo eterno para quem infringisse os dez mandamentos. E roubar era um dos pecados que condenavam as almas a queimar no inferno, num fogo que não se apaga, onde os gritos e lamentos se repetiam, doloridos e constantes. Um arrepio percorreu-lhe o corpo ao lembrar do Padre Jorge a repetir aquela sentença, dia após dia, antes de cada refeição. Imediatamente, vieram-lhe também à memória os cartões postais que ele distribuía em troca de favores. Quase todos os meninos de sua idade haviam recebido um deles. Imagens de um país distante, onde o padre queria viver mais tarde, quando abandonasse o internato.

O trem freou, e ele recolheu a pouca bagagem, dirigindo-se para a porta. Finalmente, chegara a Rothenburg. Lastimou ter vindo em época imprópria, fora da temporada de turismo, o que impossibilitara percorrer a romântica estrada de ônibus, olhando a paisagem do cartão postal que tantas vezes acariciara nas longas e frias noites do internato: o verde dos campos tomados pelas vacas, que pastavam tranquilas, tendo as montanhas ao fundo, como muralhas acinzentadas. Mas tudo dera errado desde que saíra de Heidelberg. Não havia linha de ônibus nessa época do ano, informou o guia turístico.

— Saia daqui. Não quero mais vê-lo em minha casa.

— Mamãe, por quê?

— Você me decepcionou, seu incompetente.

— Posso tentar de novo. Emagreci e, agora, com certeza, passarei através das grades.

Rothenburg ob der Tauber era o fim da linha. A pequena estação deserta e perdida na típica paisagem alemã estava gelada. Não havia nada ao redor do prédio bem cuidado. O olhar aguado esquadrinhou o panorama bucólico. A sua figura esbelta se recortava contra o céu esmaecente que antecedia o crepúsculo. Parecia indeciso quanto ao rumo a tomar, quando uma mulher surgiu vinda da rua. Aproximou-se falando num inglês fluente. Perguntava se ele não queria se hospedar em sua casa por um preço razoável. A diária dava direito ao café da manhã, propalou com discreta entonação de simpatia na voz. Almoço e jantar seriam pagos em separado.

Ele aquiesceu e, tomando a mala, acompanhou-a até um jipe estacionado nos fundos da estação. Frau Selbach apresentou-se, antes de ajeitar a mala no veículo, convidando-o a se acomodar ao seu lado. Ele agradeceu e sentou. Partiram sem mais palavras.

As rosas enredavam-se, cobrindo as estacas de madeira pintadas de branco que circundavam a casa. O portão era ladeado por ciprestes. A moradia, típica da região, não era apenas bonita, mas confortável e espaçosa. Ele foi levado para um quarto amplo, com duas janelas abrindo vistas para o vale. A primeira coisa que fez foi olhar para fora, mas só divisou alguns contornos, pois a escuridão se adensava, fria e solitária, envolvendo todos os espaços. A anfitriã perguntou se gostaria de jantar após o banho. Ele disse que sim, agradecendo. Então, ela desapareceu atrás da porta que se fechou sem ruídos.

— A água está gelada, mãe.

— Cale a boca. Esfregue-se e não reclame. Estou sem paciência para as suas criancices.

— Não posso dormir. Dói a cabeça e o peito. Água, mamãe. Tenho sede.

— O menino está com pneumonia, senhora. É sério. Precisa de internação hospitalar.

— Mais essa agora! Essa criatura só me dá trabalho.

Na manhã seguinte, ele andou pela cidade medieval. Sentiu-se voltando no tempo, ao perambular por entre as grossas muralhas que circundavam castelos e o casario anoso separado por ruelas estreitas. Alguém falou, ao seu lado, que a cidade fora fundada em 960, mas que o castelo imperial do Rei Conrado III só fora edificado em 1142. Ele sorriu ao constatar que fora confundido com um turista qualquer. Aproveitando o engano, acompanhou dois americanos que zanzavam por entre a fortificação ornamentada por canhões. Pouco adiante, desgarrou-se e foi até o museu de instrumentos de torturas. Passou as mãos nas correntes e em cada um dos instrumentos expostos, sentindo a vibração de medo que existia neles, somado à aflição, ao ódio e à dor. Foi com relutância que abandonou o recinto. A humanidade havia se esmerado na criação do mal, pensou, quando saía dali. Estava estonteado com o rumor e os gritos das pessoas assassinadas pela voracidade de verdugos em remotas eras.

Andou mais algumas quadras e entrou no museu dedicado ao Natal. Enfeites de árvores, bolas levíssimas em cores vibrantes, anjos dourados, renas, o São Nicolau em todas as poses, presépios, guirlandas, estrelas. Era cômico pensar que os dois museus haviam sido criados pelo mesmo tipo de pessoa; um celebrando a vida, e o outro, glorificando a morte. Estava nauseado.

— Dói, mamãe. Dói.
— Quieto! Deixe-me dormir.

Voltou para a casa de Frau Selbach. Almoçou a fartura de batatas, carne de porco assada, pirê de maçãs, regados a cerveja preta, fermentada e morna. Preparou as malas, pagou as despesas e embarcou no jipe. O trem para Nuremberg não tardaria, dissera a mulher detendo-se em frente à estação. Desembarcou do carro e ela se foi, depois de um breve aceno. Ele olhou demoradamente para o cenário e depois fechou os olhos, queria guardar a imagem de Rothenburg em suas retinas.

Sentiu-se aos dezessete anos, o corpo rijo, peito largo, bíceps desenvolvidos e músculos prontos para qualquer movimento, fosse de defesa ou de ataque. Nessa idade, derrubou o primeiro de uma lista interminável de rivais. As horas que ficava na academia haviam sido bem aproveitadas.

— Esse menino tem uma inteligência acima da média. Aprende com muita facilidade.
— Um bruto, é isso o que ele é.
— Ora, ora, irmão Jorge, você está sendo demasiado severo. Ele está conosco há pelo menos dez anos e, pelo que me lembre, nunca foi pego em nenhuma travessura.
— É um dissimulado. Um falso.

— Crianças abandonadas pelos pais sempre carregam traumas. Devemos ser pacientes.

Lembrou da rua escurecida pela sequência de árvores de copas entrelaçadas, que recebia, apenas de quando em quando, o fulgor de um raio que iluminava o solo coberto de folhas secas. Naquela solidão, o menino corria desnorteado, caindo e levantando. O seu arfar cortava o silêncio acompanhando o barulho dos passos vacilantes. Os raios, cada vez mais próximos, prenunciavam a torrente gelada. Medroso, ele tapou o rosto com as mãos espalmadas e deslizou ao chão, onde ficou amontoado.

— Venha, vou levá-lo até a sua casa.

— Não, não quero. Tenho medo.

— Sua mãe deve estar preocupada. Crianças não devem andar sozinhas à noite. É perigoso.

— Ela foi embora, seu guarda. Pegou a mala e se foi... — murmurou a frase ensaiada.

Desembarcou na estação central de Nuremberg e tomou um táxi. O endereço, reprisado em intermináveis noites de expectativa, saiu de sua boca de forma suave e sibilante:

— Igreja de São Sebaldus.

O carro movia-se com lentidão pelas ruas. Fixou o olhar na nuca do motorista, enquanto tentava concatenar os pensamentos que rodopiavam num torvelinho. Agora que tudo se aproximava, sentiu a excitação que o guiara até ali se esvaecer como água em terra seca. Pela primeira vez na vida, estava pacificado, como se o fogo que lhe corroía o ventre tivesse se apagado de chofre. Era uma sensação nova não sentir o ódio fermentando em suas entranhas, burilando pensamentos de vingança.

O táxi se deteve. Ele pagou a corrida, tomou a maleta e se afastou a passos lentos em direção à igreja que se salientava entre os prédios de estilo medieval. Meteu-se na penumbra, atravessou a nave, dirigindo-se à secretaria. Na sala, apenas um jovem sentado em frente a um computador. Ele o cumprimentou, perguntando pelo padre Balz. O jovem levantou a cabeça fitando-o com interesse.

— Quem o senhor procura mesmo?

— Padre Jorge Balz, do Brasil.

— Brasileiro! Você também?

— Sim.

— Deixe-me ver... Padre Balz... Ele chegou do orfanato há poucos minutos. Deve estar na estufa. Do outro lado do pátio. Por ali — indicou uma porta lateral.

— Obrigado.

O homem atravessou o umbral e se perdeu pelo labirinto formado por arbustos de coloração variada. Parou em frente a uma fonte, onde a água jorrava sobre pedras deslizando de uma para outra, gorgolejando harmonia. Sentiu vontade de sentar ali, à sombra generosa dos olmos, mas aquele não era um momento propício. Olhou ao redor. Uma alameda pavimentada levava até o prédio envidraçado que estava com a porta entreaberta. Caminhou com vagar em direção a ela. Lá dentro, em meio ao verdor, um homem grisalho, em roupa escura, passeava entre as plantas.

— Padre Jorge?

— Quem é você?

— Vim lhe devolver uma coisa que guardo há muito...

— Devolver o quê? Eu o conheço?

— Você não recorda, padre? Pois eu lembro e muito! Noite após noite, dia após dia, durante todos esses anos, tenho pensado no cheiro de vinho azedo que assombrou minha infância. Jurei que não morreria antes de lhe devolver esse cartão postal.

— O que é isso? O que você quer?

— Vim cumprir um juramento, padre — ele disse, fechando a porta enquanto tirava uma faca da cintura. — Não se preocupe, tenho prática, já fiz isso aos doze anos. Está lembrado, padre? Contei-lhe em confissão.

# UM GATO ENTRE ACHADOS E PERDIDOS

Num pensar dolorido, eu remoía o desgosto cá dentro do peito, como o boi faz com o pasto. Anseio feito de dor, raiva e medo. Um sofrer que nem o cansaço de um dia pesado de faxina conseguia amainar. Vivia assim nos últimos anos, labutando em casa alheia, dia após dia, limpando privada, esfregando o chão, pra voltar arriada pro rancho, com os pensamentos dando voltas e mais voltas. As ideias girando e girando como cavalos ao redor da eira em dia de colheita. E de novo, a voz fanhosa do Zé martelando em minha cachola: "Despedido. Me botaram na rua sem dizer o porquê. E, eu me esforcei tanto, por nada!". Aquele dizer não era novo. Eu já tinha escutado isso muitas vezes ao longo dos anos, mas sempre ficava perdida e injuriada ao ouvi-las outra vez. Desempregado. E o pior era saber que o salário de faxineira, uma merreca, não dava pra botar boia na mesa, e muito menos sustentar as crianças na precisão de roupa e de calçado. E tudo porque eu já não era moça, forte e despachada no ir e vir da lida. Envelheci antes do tempo, como se o corpo já não aguentasse tanta labuta.

O cargo de chefe de seção, lá na fábrica de tecido, deixou de existir quando perdi um dente frontal. Nem emprego de ajudante consegui depois daquilo. Era o resultado de uma queda, dizia. Ficava vexada de falar sobre o soco recebido na madrugada, quando ele me acordou querendo uns cobres. Estava de porre. Passada a borracheira, pediu perdão, jurando nunca mais se entregar ao vício. Conversa. As bebedeiras amiudaram-se. Não havia nada que pudesse fazer a esse respeito a não ser pedir um milagre. Era isso o que fazia, quando estaquei, esperando uma brecha pra atravessar a rodovia. Era um perigo ali, no entrevero de autos, caminhões e ônibus voando dum lado pro outro sem se importar com aqueles que queriam apenas atravessar a estrada sob um sol de cozinhar miolos e embaralhar as vistas. Entretida com tais pensamentos, descuidei do gato que a patroa mandou pros meninos. Ele pulou do carrinho de compras e se meteu no meio do trânsito.

Debruçada na janela do ônibus, eu olhava a paisagem que sumia veloz de meu campo de visão. A vida também passara rápido por mim, deixando um vazio que nunca poderia ser preenchido. Restava uma vaga noção de um dia ter sido criança e, então, me vi adulta, casada e infeliz. Olhei mais uma vez para a aliança de ouro, larga e pesada, que brilhava em minha mão esquerda, entranhada na carne macia, que se acumulara em meu corpo ao longo dos anos. Tentei retirá-la, sem sucesso. Chegando a Paris, mandaria cortá-la. Tudo o que eu queria, agora, era me livrar das marcas, de todas as amarras que me ligavam ao passado. Enquanto eu divagava, meu olhar se perdia na ramagem dos eucaliptos que margeavam um pequeno trecho da estrada. Na casa de campo que herdei da vovó, também existiam árvores dessa espécie, que abrigavam as colmeias. Elas formavam um bosque compacto ao redor da alameda outrora imponente, agora apequenada pelos tufos de ervas daninhas que avançavam sobre as pedras, rastejando à procura de espaço. A não ser pelo apiário, que continuava produzindo o melhor mel da região, tudo mais estava arruinado e decadente. Após a morte da vovó, resolvi que estava na hora de tomar uma atitude. Não havia outra saída. Despedi os empregados e retirei as economias do banco com a desculpa de um cruzeiro marítimo. Dinheiro não seria problema. Reservas de uma vida sem filhos e com muitas joias, agora transformadas em dinheiro, presentes que recebi do meu marido, que compensava as amantes com visitas regulares ao joalheiro. Doravante, não haveria mais contrapartidas, promessas ou pressões, como aquela que me obrigou a abandonar a carreira de bioquímica. Para todos os efeitos, viajaríamos os dois. Tudo foi arranjado nesse sentido: passagens, passaportes, vistos, malas e uma seringa contendo veneno de abelhas. Todo Aquiles tem um ponto fraco. O dele era a alergia a picada de abelhas. Minha segunda opção, a garrafa de vinho, onde inoculei uma mistura de ricina, toxina botulínica e curare, já não seria necessária, mas ainda estava em minha bolsa. Quando o ônibus fez uma manobra brusca, diminuindo a velocidade, joguei-a em direção a uma lixeira. Nesse instante, meu olhar cruzou com o de uma mulher magra e desgrenhada que aguardava para atravessar a estrada.

Porcaria! Mas que calor! E o trânsito, a mesma merda de sempre. O negócio era confiar na força do braço. Afundei o pé no acelerador, desviando de um carro aqui, cortando outro ali, e lá me fui a cento e vinte quilômetros por hora. Apesar da velocidade, eu conseguia ver as marcas dos pneus na massa negra do asfalto, amolecido pela força do sol. Sentia o suor escorrendo pela cara, indo se acumular no colarinho da camisa. Irritado, me culpei por ter escolhido um dia como aquele para fazer o serviço. O lenço molhado já não cumpria com a sua finalidade. Não havia como conter aquela aguaceira que meu corpo vertia através dos poros. Sentia-me derreter. A ideia de me desmanchar em fluidos, fundindo-me ao banco aveludado do carro, me fez sorrir. O terno preto era impróprio à quentura do dia, concluí. Diabos! Eu não estava acostumado a usar esse tipo de roupa e não tinha ideia de como ela poderia se tornar irritante. Tantos preparativos, tantas horas perdidas na observação do banco, do estacionamento e das pessoas que entravam e saíam apressadas, segurando suas bolsas junto ao corpo, e fui logo descuidar da roupa. Recordei passo a passo o que havia feito naquela manhã, depois de acompanhar o patrão à agência para fazer um depósito. A troca do uniforme de vigilante pelo terno comprado num brechó, o uso do carro potente e discreto, roubado na noite anterior, mas que, infelizmente, não tinha ar-condicionado. A ação foi rápida e calculada, desde o momento em que entrei no prédio com pose de doutor até o berro sair da pasta indo se apoiar na testa do gerente. O covarde me passou grana sem piar. Então, lasquei uma coronhada em sua cabeça, fechei a porta do gabinete e saí dali tranquilo, certo de que a peruca, o bigode falso e os óculos escuros garantiriam o sucesso da operação. Agora, era aproveitar a vida, pois havia muito dinheiro na maleta aberta sobre o assento ao meu lado. Tudo poderia ser perfeito, não fosse a bosta desse calor que me pegou de surpresa. Ansioso, passei o lenço ensopado na cara mais uma vez. Um arrepio percorreu meu corpo, e logo outro e mais outro. Havia muitos anos que não sentia esses arrepios, que subiam pelo lombo indo terminar no couro cabeludo. Todo mundo sabe que esse tipo de arrepio é prenúncio de coisa ruim. É doença, azar ou encosto, e dos brabos, diria Tonhão, se ainda estivesse vivo. Foi um tira que o apagou, num golpe fracassado. Ainda matutava sobre isso, quando vi um gato preto atravessando a estrada. Gato preto é zebra na certa, pensei, tentando desviar do bichano. O automóvel derrapou e saiu deslizando pela pista em direção a um ônibus que vinha em sentido contrário. Naquele momento, apesar do desespero, vi alguns maços de dinheiro voando pela porta, aberta pelo impacto.

Essa estrada é tinhosa, eu não falei! O estrondo da batida do carro contra o ônibus me deixou apatetada. Tudo aconteceu muito rápido. Mal havia juntado uma bolsa jogada pela mulher do ônibus na lixeira, quando se deu o choque. Nunca vou entender os ricos. Jogar fora uma bolsa fina, de couro com fivelas prateadas. Onde já se viu uma coisa dessas? Quanto desperdício! Burguês tem cada mania! Larguei a bolsa no carrinho e fiquei por ali, assuntando o socorro aos feridos. Tinha dado meia dúzia de passos, quando encontrei dois maços de dinheiro no meio do capim. Enfiei-os na roupa e fui saindo como quem não quer nada. Havia ameaça de explosão, avisou um homem que parou a motocicleta ao meu lado. Agora, a fumaça negra envolvia a rua. Que tristeza isso, pensei, duas quadras depois, olhando pra trás. Os bombeiros chegavam zunindo com as sirenes abertas. Caminhei ligeirinho em direção ao barraco, na beira da sanga. Estava ansiosa pra saber o que havia no achado. Quando enfiei a mão na bolsa, o Zé já estava ao meu lado. Retirei uma garrafa de vinho, desses vinhos caros que só os ricos podem comprar. Nem cheguei a ler o rótulo e o Zé já arrancava das minhas mãos. Zanguei, afinal, a gente podia trocar ou vender pra comprar boia pros meninos. Ele ignorou meus apelos, pegou o saca-rolhas e saiu pro quintal. Após uma enxurrada de palavrões, entrei no quartinho tirando o dinheiro do decote pra contar. Era muita coisa. O sangue me gelou nas veias. Precisava esconder aquilo antes do Zé entrar. Enfiei tudo sob o monte de roupa suja e fui pra porta espiar o que era feito dele. Aberta a garrafa, ele bebia direto do gargalo, andando pelo terreiro aos tropeços. De repente, tombou e começou a se estrebuchar. A garrafa caiu no chão e se espatifou. O líquido desapareceu, entranhado na terra seca. Foi um ataque do coração, disse o médico do posto de saúde, preenchendo o tal atestado de óbito. Como a gente sempre foi pobre, um vizinho quebrou o galho, ajeitando as coisas do enterro na assistência social. Nem precisei me envolver nessa questão. No dia seguinte, saindo do cemitério, fui direto pro dentista.

# FUNDO MUSICAL

O bairro residencial era formado por casas com jardins floridos e belos gramados. Poucos edifícios subiam além dos ipês que acompanhavam os dois lados da rua. Na esquina, uma praça antiga coberta por jacarandás floridos, que protegiam bancos de concreto desgastados pelo uso.

O edifício mais alto da rua tinha a fachada coberta de pastilhas em tom avermelhado, recortada por grandes janelas de vidro escuro. O saguão claro fora mobiliado com sobriedade. A elegância era dada pelo piso de mármore e pelas plantas viçosas que cresciam em vasos cerâmicos ao longo das paredes envidraçadas. Dois elevadores cobertos de espelhos com acabamento em madeira serviam os dez andares, com dois apartamentos cada um.

O apartamento 701 estava com a porta entreaberta. Todos os cômodos estavam iluminados. Na sala de estar, uma revista de decoração sobre o sofá, o jornal do dia caído sobre o tapete e uma gravata jogada displicentemente sobre a pequena mesa de centro, junto com um par de óculos de sol de boa qualidade.

A sala de estar dava acesso direto a um corredor ladeado por uma sucessão de portas pintadas de branco, que levava para a área íntima, e a um arco que a separava da sala de jantar. No corredor, o carpete aveludado abafava o som dos passos. A parede da esquerda era adornada por um aparador de ferro coberto por um vidro grosso, onde repousava um vaso de cristal carregado de rosas vermelhas e um chaveiro delicado feito de miçangas coloridas, que reunia chaves de vários tamanhos e feitios. Acima do aparador, um espelho emoldurado com o mesmo ferro trabalhado refletia a porta principal.

No quarto, os lençóis axadrezados estavam embolados sobre a cama, e uma colcha amarela jazia amarfanhada sobre o tapete, cobrindo parcialmente uma embalagem vazia de seringas descartáveis. Roupas íntimas de homem juntavam-se a um paletó azul e uma camisa branca que se encontravam largados sobre uma poltrona bege. Na mesa de cabeceira, um cinzeiro com várias pontas de cigarro e um isqueiro. No carpete, próximo à cama, um brinco de prata, na forma de uma grande argola, um par de sapatos vermelhos com saltos altos e finos e um vestido, também vermelho, com estampas de flores miúdas. A cortina branca movimentava-se ao sabor do vento que entrava pela grande janela. Sobre a penteadeira, os objetos masculinos contrastavam com um pente de dentes largos e grossos, coberto por longos fios de cabelos louros, um estojo de batom e uma seringa contendo restos de um líquido incolor.

O closet estava remexido, com gavetas abertas e roupas em desalinho.

No banheiro, os vapores do último banho ainda

umedeciam o espelho, a torneira deixava correr um filete contínuo de água e o chuveiro gotejava em períodos regulares. Na tampa do vaso sanitário, uma calcinha de renda vermelha largada de qualquer maneira fazia conjunto com um sutiã que pendia indolente na maçaneta da porta. O perfume do sabonete flutuava em ondas, espalhando-se pelo recinto.

A última porta do corredor dava acesso à ampla e arejada cozinha. No balcão da pia, havia uma garrafa de uísque pela metade, dois copos usados, uma fôrma de gelo com alguns cubos semiderretidos. Sobre a mesa, uma bolsa grande de couro preto e uma carteira de cigarros aberta.

Na sala de jantar, a mesa estava posta para duas pessoas. Os pratos permaneciam intocados, porém os cálices ainda guardavam restos do vinho de duas garrafas vazias, que maculavam o fino tecido da toalha. Duas cadeiras estavam tombadas no chão, juntamente com um maço de fotografias de um casal em várias poses em frente à estátua da liberdade. E sobre elas, um envelope amassado e roto com o timbre do escritório de um investigador particular.

Pouco além, uma faca e um pano de pratos, ambos ensanguentados. No tampo do antigo balcão de madeira, um cartão de reserva do Castle-Hotel de Nova Iorque, uma passagem de avião, uma credencial de jornalista e um toca-discos, que reproduzia os acordes pungentes e melancólicos do *Bolero* de Ravel, que abafava o gotejar constante do sangue que pingava da toalha de banho e caía aos pés do divã, formando uma poça que ia se coagulando aos poucos sobre o assoalho de tábuas corridas, enceradas com esmero. Alguns metros adiante, sob o arco de comunicação com a sala de estar, duas malas e uma pelerine branca de vison esperavam pacientemente pela dona.

# INOCÊNCIA

Ela se chama Inocência, o porteiro falou. Não gostei. Antigo demais para uma mulher moderna, que troca de roupas em frente à janela todos os dias. Acho que ela não se importa que se olhe, pois as cortinas do apartamento estão sempre abertas, como um convite. Antes de ela mudar para cá, eu nunca tinha visto uma mulher pelada. Mas, nestes últimos quatro meses, vi tudo o que os olhos podem ver, só não senti o seu perfume. Deve ser de rosas, ou talvez orquídeas. Bom, nem sei se orquídeas têm perfume, mas gosto da palavra orquídea. Acho superlegal. Vi na televisão que cultivar orquídeas é um passatempo de pessoas sofisticadas. O nome dessa mulher fantástica devia ser Orquídea. Exóticas as duas, ela e a flor. Inocência não combina com o seu jeito. A mãe disse que, quando os pais batizam os filhos, não sabem como eles serão no futuro. Acho que ela tem razão. Inocência é diferente, gosta de se mostrar. Ontem, quando a vi pela última vez, já passava das dez horas, e ela ainda estava na cama. A tal venda negra nos olhos, as pernas bronzeadas levemente encolhidas. Ela gosta de deitar de lado, e eu gosto de vê-la assim. A camisola de renda deslizou pelos ombros, desceu, deixando os seios à mostra. Que visão! Meus amigos vão ficar enlouquecidos. Eles duvidavam quando eu falava sobre ela. Mas eu não podia trazê-los para a minha casa, porque o pai não permite que as pessoas venham nos visitar. O pai sempre foi um tipo zangado. Briga o tempo todo. Ainda bem que eu tenho meus avós. Foram eles que compraram o telescópio. Desde que o montei em frente à janela, escondido pela cortina, passei a observar os apartamentos do prédio em frente. Conheço todos os moradores, do primeiro ao último andar. Sei quando os maridos chegam, quando os amantes saem, quando as empregadas fazem coisas com os patrões. Eu sei de tudo. Eles nem ligam para mim, talvez pensem que seja apenas um guri bobo. Mas eu sei tudo o que se passa na casa deles, e alguns nem sabem que eu existo. Acho que eu pareço um pouco com Deus. O padre falou que Deus vê tudo o que a gente faz e ninguém O vê. Acho isso maneiro. Depois que acoplei a filmadora ao telescópio, me tornei invencível. Vovó Nice me deu uma máquina que filma até no escuro. Quando não dá para ficar apreciando, eu gravo para olhar mais tarde. Ah, também posso mostrar algumas coisas para a turma. Os moleques nunca haviam visto mulher pelada. Fizemos um pacto, jurando silêncio. Para todos os efeitos, eu só uso o telescópio e a filmadora para meus estudos de astronomia. Se a mãe ou a vó soubessem que olho para a casa dos outros, iam ficar chateadas. Não que eu esteja mentindo, sempre gostei de astronomia. Acho a palavra astronomia bem bacana.

Penso que o corpo de mulher se parece com o céu. O firmamento também tem segredos que eu vou descobrindo aos poucos. Deve ser bom lá em cima, no silêncio. O som não se propaga no vácuo. Então, o espaço deve ser quieto, sem gritos. Odeio ouvir os gritos do pai. Acho que a mãe também não gosta, anda sempre triste. Seus olhos só brilham quando falo sobre as coisas que vejo no céu, coisas de estrelas cadentes, constelações, esses lances. Ontem, era domingo, e por isso Inocência dormia até mais tarde. Eu estava ligado nela, quando o telefone tocou. É preciso atender logo para o pai não acordar. Se ele acorda antes da hora, fica nervoso e briga com a gente. Ainda bem que era o Pingo, o meu amigo. Ele me convidou para uma partida de futebol. Resolvi deixar a filmadora gravando. Quando voltar, olho tudo com calma, decidi. Estava com palpite que ela ia receber a visita daquele homem. Um deputado, o porteiro disse. Um deputado! Deve ser gente importante, porque ele tem motorista particular e um carro enorme.

Foi um domingo muito legal. Joguei bola, almocei com a vovó Nice e fui ao cinema. Fazia muito tempo que eu não me divertia tanto. Cheguei cansado. O apartamento da Inocência estava às escuras. Desliguei a filmadora e voltei o telescópio para o céu. Estava interessado na constelação de Ursa Maior. Lá, tem um monte de estrelas. Se eu não for astrônomo também posso ser astronauta. Astrônomos não viajam no espaço. São os astronautas que chegam mais perto das estrelas e dos planetas. O filme era sobre um astronauta que foi até a lua. Passei a noite sonhando que estava numa nave, voando em direção a Alfa Centauro. De manhã, na hora do café, a televisão está sempre ligada. Tem um telejornal. O pai gosta de ver as notícias. Levei um susto quando apareceu o prédio da Inocência. O locutor também mostrou a foto dela. Ela havia sido encontrada morta em seu apartamento. Estrangulada, disse o homem. Tive vontade de chorar. Quem faria uma maldade dessas com uma moça tão bonita, falei. Tem muito bandido solto por aí, disse a mãe, pensativa. Era uma puta, resmungou o pai, mal-humorado. Minha irmã também ficou chocada. Ela disse que Inocência comprava na butique onde ela trabalha. Milena é balconista de dia e estudante à noite. A mãe fala que não é justo, mas não pode ser de outro jeito. Sempre falta dinheiro para pagar as contas. Vovó Nice reclama que o pai não sabe economizar. Acho que ela não gosta muito do pai. Só vem aqui quando ele não está. Ela sempre liga antes, e nunca fala mal dele perto de mim, mas um dia a ouvi dizer para a mãe que o pai era um mau-caráter. A mãe não respondeu, só começou a chorar. Eu gosto mais da mãe do que do pai. A mãe é boa, gentil, não grita nem bate na gente. Quando o pai foi para o banheiro, corri para o quarto. Estava ansioso para conectar a filmadora ao computador. De início, Inocência continuava na cama, naquela posição. Finalmente, levantou e, ainda de camisola, atravessou o quarto abrindo a porta. O visitante entrou. Senti uma coisa se formar na garganta. Não foi o deputado de cabelos brancos e ternos escuros, que eu já conhecia bem: era o pai, vestindo o abrigo que ele usa para suas corridas. Fiquei olhando para o visor como que hipnotizado. O pai e Inocência? Como isso foi acontecer? Eu nunca o tinha visto no apartamento dela. É possível que ele só fosse até lá enquanto eu estava na escola, e eu nunca havia deixado a filmadora ligada nesse horário. Os soluços sacudiram meu corpo, enquanto eu ouvia a voz dele na cozinha, reclamando de alguma coisa. Estou atrasada para o trabalho, a mãe falou. Ele disse um palavrão. A mãe não gosta de palavrões. Eu fico com raiva sempre que ele faz isso. Mamãe, venha aqui, gritei, nervoso, interrompendo a discussão. Assim que ela entrou no quarto, tranquei a porta. Não foi preciso falar. Abracei-a, enquanto ela fixava os olhos na tela. Me dá a fita, pediu depois, pegando o telefone. Em seguida, me convidou para descer. No elevador, segurou a minha mão com força, parecia tonta. Ficamos parados em frente ao prédio. Quando a polícia chegou, ela falou com eles bem baixinho, entregou a fita de vídeo e me convidou para caminhar. Sabe, filho, hoje Deus nos livrou de um grande mal, ela disse, abatida. Mesmo com os olhos molhados, ela estava bem bonita. Acho que não vou ser astrônomo nem astronauta. Fazer filme também é uma profissão bem legal, falei, tentando animá-la. Aos doze anos, ainda se pode mudar, a mãe disse, forçando um sorriso. Passei o braço ao redor de sua cintura e fomos andando sem rumo.

# NA MATA

A rede balançava de um lado para o outro numa cadência tranquila, dependurada nos caibros da choupana. Dentro dela, duas crianças entrelaçadas tentavam conciliar o sono. João, o mais velho, protegia o pequeno dos mosquitos que infestavam a quentura úmida do casebre. Os ouvidos atentos perscrutavam os segredos da noite. Ao escutar os primeiros gemidos que vinham do quarto, ele se convenceu de que a hora havia chegado. Sem perda de tempo, pulou da rede e correu para o quintal, começando a recolher as folhas dos arbustos que a mãe cultivava.

A noite estava escura, apesar da lua cheia que se escondia por trás das nuvens bojudas, carregadas de chuva grossa. Não havia brisa, e o ar estava afogadiço, apertando o coração do menino, que se confundia com as sombras das árvores debruçadas sobre a horta.

Voltando para a cozinha, João fez o que lhe haviam ensinado, lavando e picando as folhas, uma a uma. O velho bule amarelo, trincado no bico, já estava sobre a mesa, sem a tampa, aguardando as ervas maceradas. Ele derramou a água fervente sobre a infusão e aguardou a essência se desprender das plantas e se diluir para só então despejá-la na xícara. O cheiro do chá se espalhou pela casa, aromático e confortador.

Zizinho, seu irmão, chorava baixinho, soluçando de quando em quando, ainda deitado na rede. João passou a mão sobre a cabeça dele, revolvendo os cabelos crespos, com vontade de abraçá-lo, dar um pouco de conforto, mas não havia tempo. Eles tinham um apego muito grande um com o outro por serem os únicos sobreviventes entre todas as crianças que haviam nascido naquela casa. Enquanto falava, o menino sentia um nó na garganta, mas não se permitiu chorar. Não agora, quando a mãe precisava tanto dele. Aquilo tudo era difícil para as mulheres, ele pensava, andando de um lado para o outro, cumprindo as tarefas que lhe haviam designado.

No quarto, depois de uma trégua, a mãe recomeçou a gemer. João detestava vê-la gritar daquela maneira, porque a sua voz se confundia com os latidos dos cães que uivavam para o céu, saudando a lua cheia. A tristeza invadiu seu peito, numa dor ardida que lhe subia pela garganta e chegava até os olhos, que se desmanchavam em água. Seu estômago se remoía, acompanhando os lamentos que varavam a noite.

A mulher mordia a ponta do travesseiro para sufocar os gritos, mas nem sempre conseguia. O menino se imaginou correndo pelo campo, rolando na macega, pescando ou mergulhando nas águas profundas do rio. Era bom pensar nessas coisas para desviar o pensamento, mas, no seu íntimo, ele sabia que não podia fugir. Não gostava daquilo, mas precisava fazê-lo, porque a mãe dependia dele. Somente dele.

O pai era seringueiro e saíra na canoa para sangrar as árvores e recolher o látex. Ele se embrenhava nas matas e demorava a voltar, mas era dali que vinha o sustento da família. O menino entendia.

O sol estava nascendo, João presumiu, olhando pela janela. Havia uma cor avermelhada sobre o mato, e a passarada em serenata dançava sobre o rio. Ele gostava de ver os pássaros quando amanhecia. Achava bonito aquilo, depois da chuva, quando as plantas e os bichos ficavam mais coloridos e vivos.

Revolveu o fogo. A panela grande borbulhava, soltando respingos sobre as brasas. Passou ao largo para pegar mais um pouco de lenha e, em seguida, apagou o lampião e abriu a porta. A claridade agora entrava de mansinho, enchendo o cômodo de luz. Ele estranhou a ausência de gemidos. Tomou a xícara, respirou fundo e, com as mãos trêmulas, entrou no quarto.

A mãe lhe disse que estava na hora e pediu, no meio de um esgar que anunciava o recomeço dos seus arquejos, que trouxesse a água quente. Ele largou a xícara sobre um banquinho ao lado da cama e, calado, voltou para a cozinha. Reunindo suas forças, carregou a panela para o quarto e derramou o líquido borbulhante na gamela. Sentiu alguns pingos nas pernas, mas não havia tempo para lamentar queimados. Ajoelhou-se no chão com o pano branco nas mãos. Enquanto esperava, contou mentalmente como já fizera em outras ocasiões. Ainda não havia chegado a vinte quando a mãe se espremeu de novo, expelindo a criança sobre seus braços. Tomou-a com cuidado. Era uma menina. A primeira. Amarrou o cordão umbilical com força, retirou a tesoura dentre os panos que a mãe havia preparado e, sem pestanejar, mediu um palmo e cortou.

A menina começou a chorar. Ele colocou o cotovelo na gamela para sentir a temperatura da água. Estava no ponto. Ainda envolta em panos, deitou-a na gamela com toda a delicadeza. Segurava sua cabeça com uma mão e, com a outra, a lavava por inteiro.

A mãe aguardava em silêncio, confiando no que lhe ensinara. Ele retirou a menina da água e a envolveu num pano seco com suavidade. Por alguns segundos, ficou observando a explosão de vida que havia naquele pequeno ser. Em seguida, entregou-a para a mãe. O suor escorria pelo rosto da mulher. O menino trocou a água da gamela e a trouxe novamente para o quarto. Largando-a no chão, umedeceu um trapo e começou a limpar o rosto materno, lavando-lhe, também, o corpo. Havia um silêncio doído entre os dois. Aquela era a pior parte. Ela bebia o chá em pequenos goles, desviando o olhar para além da janela.

Terminada a tarefa, pegou um vestido limpo e ajudou a mãe a se vestir, para só então buscar Zizinho, que ainda estava encolhido dentro da rede. Ele entrou cambaleando, assustado, mas, quando a mulher sorriu, acalmou-se e, escalando a cama, deitou ao seu lado. Depois de retirar os últimos vestígios do parto, o menino se encolheu no chão, sobre a esteira, junto ao leito onde a mãe dormitava com os pequenos.

Foram acordados pelo pai, que chegou na metade do dia. Depois de abraçar a mulher, ele disse que João deveria estudar para ser doutor, pois aparava anjos como ninguém. O menino sorriu e, esticando o corpo magro, respondeu que era mais fácil ser coveiro, afinal, já enterrara muitos anjinhos.

# MULHER E TERRA ESPERANDO A CHUVA

Eu olhava para trás a cada instante, com a sensação de estar sendo seguida. Escutava passos sobre as folhas secas, mas a picada continuava livre até onde os olhos conseguiam enxergar. Era pelo mato que alguém ou alguma coisa espreitava. Apressei-me, apesar da carga que carregava sobre os ombros. Ao longe, avistei a fumaça que escapava pela chaminé. Entre o atalho pedregoso por onde me deslocava e a segurança que a casa oferecia existiam mais de dois quilômetros de declive abrupto pela senda recortada no morro repleto de vegetação amarelada, que cobria o solo crestado. Havia meses que a seca castigava o vale premido entre as montanhas, abrasando terra, calcinando as plantas, enquanto consumia as águas, secando as fontes.

Na medida em que eu descia pela trilha, abandonava a luz do sol, pois, no fundo do vale, as sombras já se haviam instalado e cresciam, subindo ao meu encontro. Olhei para o poente. O sol se ocultava atrás de tufos das nuvens, que, naquela hora, mudavam de cor, mesclando o cinza-escuro ao amarelo e, finalmente, ao vermelho.

Nas grimpas do cerro, o sol se aninhava em lençóis de cores, assuntei, alisando o papo. Aquilo era prenúncio de seca grande, daquelas de castigar o mundo por um bom tempo. Sinhá Noêmia fazia fé no meu dizer, por confiar no entendimento que eu tinha, não por ser meio-negra, meio-bugra, meio-gente, meio-bicho. Ela me acatava por estima. Mas os vizinhos me chamavam de bugra, num modo de desdenhar, de fazer pouco. O desprezo estava no riso debochado que eu via na cara deles. Só um cego, que carece de ver, pode ignorar as coisas que o Criador diz na parecença das plantas, nas cores do céu, no parir dos bichos, na cantoria da passarada ou no riso das crianças. Oh, mulher, tome tenência, o tempo é escasso para largar as ideias soltas pelo mundo, recriminei-me puxando as rédeas do pensamento. A noite galopava em minha direção, e ainda carecia ordenhar as vacas; dar de comer aos porcos, que cevavam na encerra; aos cavalos, junto à porteira do mangueirão; e às galinhas, antes de se recolherem ao poleiro. Pela ordem dos afazeres, comecei por sujeitar a Brazina, enchendo a caneca com o apojo. A piazada já rondava por ali, esperando o leite morno.

O estalar de gravetos sendo quebrados chegou-me aos ouvidos, intenso e claro. Comecei a correr, ferindo os pés. As pernas tornaram-se curtas para vencer a força da gravidade criada pela encosta escarpada. Na tentativa de olhar para trás, perdi o equilíbrio e caí, rolando pela ribanceira. Dominada pelo pavor, encolhi-me ante o vulto escuro que se interpôs em frente ao sol, ofuscando minha visão. Em pânico, comecei a gritar, usando mala retirada dos ombros para afastar a figura que descia sobre mim.

— Sinhá Noêmia, o que está acontecendo?

— Meu Deus, Júlio, é você? — gemi, entre soluços.

O negro estendeu uma mão enorme em minha direção, ajudando-me a levantar. Em seguida, saiu à cata dos tamancos que eu havia perdido pelo caminho. Tentei me recompor, olhando as pernas laceradas, onde o sangue brotava através dos arranhões. Algumas pedrinhas ainda estavam entranhadas na carne branca. Tentei retirá-las, fazendo caretas de dor. A aflição aumentou ao me certificar de que a queda rasgara minha saia em vários lugares. Mais essa agora, pensei, aborrecida, calçando os tamancos que o roceiro colocara no chão, à minha frente. Retomamos a descida em silêncio. Ele, carregando o fardo de capim para os animais, eu, a mala de garupa com a farinha de trigo de um lado e de milho no outro. Para minha agonia, ela sempre voltava mais leve do que quando eu subia a montanha para levar os grãos ao moleiro. Depois de transformá-los em farinha, ele retirava a sua parte, como paga pelo serviço.

Sinhá Noêmia só chega ao rancho no lusco-fusco, quando a noite abre suas asas sobre a terra, agasalhando o mundo. Fico com dó. Ela anda cheia de cisma, amedrontada, receosa de andar solita pelas picadas. Já disse que não carece se alarmar, que bicho sente o cheiro do medo. Mas, desde que o patrão se finou, ela finge que pode se arranjar sem pedir mercê a ninguém. A mim não engana. A pobre vive assustada o tempo todo. Receia tanto os bichos que vicejam nas brenhas quanto os homens, achando que todos são caborteiros e que ela tem que se resguardar por causa das crianças. Anda desassossega com os falatórios. Já disseram que parece uma negra, por andar entre os peões, igualandose a eles. Como se nós não fôssemos gente como os outros. Para ela, nós temos valia, isso não carece dizer. Quando o patrão nos colocou aqui, para a lida do eito, eu estava pejada. Os gêmeos vieram ao mundo pelas mãos da sinhá, na falta de aparadeira de ofício. Na hora da precisão, os homens tropeavam para os lados de Santo Ângelo na intenção de comprar uns cavalos para o manejo do sítio. Não fosse por ela, eu estava perdida, pois o Francisco recém dava os primeiros passos, e a Jaciara era um tiquinho de gente. E isso se passou quando ela tinha quinze anos, logo depois do casório, quando o marido a trouxe da casa dos pais.

Só falta alguém me encontrar sozinha com um peão. Mulher sem marido deve se resguardar, tomar cuidado para manter a honra. Qualquer falha, e estarei perdida, na boca do povo, como a mãe fala, nas raras visitas que faz. Ah, se essa gente soubesse das noites em que meu corpo em chamas brada por satisfação. Aí sim, com certeza, me apontariam dedos em riste, julgando e condenando, sem direito a defesa. A mãe, também viúva, se dá como um exemplo. No entanto, nossas condições são muito diferentes: o pai conseguiu amealhar muitos bens, entre terras, casas e animais. Algumas propriedades estão arrendadas; outras produzindo em regime de partilha, em que ela só tem o trabalho de receber os dividendos após a colheita. De filhos deixou apenas dois: eu e o mano, ainda guri, que vive num colégio de padres, estudando para ser doutor. A mim couberam dívidas, filhos e esta nesga de terra, presente de casamento do pai. A várzea coberta de arroz, em ponto de colheita; as máquinas, arados, cavalos e bois, que eram a fortuna do falecido, foram vendidos para pagar dívidas com sócios e fornecedores. O tifo levou os dois muito antes da seca começar. Vinte dias entre um e outro. Primeiro foi o pai e, logo, o marido. A peste também quis levar-me a filhinha. Felizmente, o curandeiro chegou com suas ervas e panos molhados, acabando com a febre da menina. O tratamento levou nossos últimos bezerros.

Sinhá Noêmia não fala, nem se queixa, mas vive apereada com o desamor da mãe, que mesmo sabendo da escassez que ela vem passando neste último ano, vivendo no meio do mato como se fosse bugre como a gente, nunca lhe ofereceu vintém, apoio ou um cesto de legumes. Não. Nas raras visitas que faz, chega com seus vestidos de seda, lavada em águas de cheiro, nos confortos da charrete puxada por dois cavalos gordos, bem cevados. Nas mãos, apenas o rebenque para incentivá-los a correr.

— Ai, que saudades do pai! — murmurei, lembrando as conversas sobre as safras, do apelido que me deu ao nascer e que só ele usava: "das mädchen". Sim. Mesmo casada e mãe, continuava sendo para ele "a menina". À mãe devo a escolha do nome e do marido. Quando Joseph chegou à região, eu me iniciava na vida social junto com as primas. Com tantos rapazes bonitos e promissores para escolher, a mãe me impôs aquele homem, com o dobro de minha idade. Casei como quem cumpre uma obrigação irrecusável, sem alegria nem tristeza.

— Está doendo muito, sinhá? — Júlio perguntou, notando minhas lágrimas.

Assustada, limpei os olhos, levantando-os depois para encarar o gigante que caminhava ao meu lado.

— Isso não é nada, Júlio. Logo, passa.

Sorri, contrafeita, constatando que até aquele homem abrutalhado pelo trabalho era mais sensível que minha mãe. Ela nunca perguntava como eu estava, como me sentia, o que precisava. Ao contrário, logo ao chegar, reclamava que o terreiro coberto de folhas não fora varrido; que o assoalho não fora areado e apresentava nódoas nas tábuas ásperas; criticando as manchas na chapa de ferro do fogão, que eu nunca conseguia fazer brilhar, usando apenas areia e sumo de limão.

E agora, depois de tudo, ela informou que já havia escolhido um substituto para Joseph. O pretendente, também viúvo do tifo, porém sem filhos, seria entrevistado pelo tio. Se ele o considerasse adequado, marcaria uma visita para nos apresentar. Caso contrário, não valeria a pena o encontro.

A sinhá carece de afrontar a mãe, pois ela maneja seu viver como se fosse sua dona, dispondo dela como faz com as riquezas deixadas pelo pai, que, no dizer dos parentes, nunca partilhou com a menina nos ditames da lei. Mão de vaca! Ela se finge de santa, mas desfaz das vontades de uma mulher, que não é só filha, mas fêmea, três vezes parida. Não sente dó nem dos netos, tão pequenos, sofrendo carências como os meus, que pobres são de fato. Mulher sem piedade. Cruz-credo, Deus até castiga gente assim.

Enquanto Júlio caminhava penosamente ao meu lado, eu remoía ideias desencontradas sobre o que a vida tinha sido, ou que deixara de ser. Nesse andar, chegamos à beira do abismo, que teria de ser vencido através da pinguela, feita com um tronco de árvore atravessada de margem a margem, acompanhado por um fio de arame, usado como corrimão. Embaixo, ficava o córrego. Onde sempre houvera uma torrente de águas cristalinas, agora, despontavam pedras limosas e escuras. Que falta fazia aos ouvidos o murmurejar das águas, cavalgando as pedras, fugindo sempre em direção ao rio. As crianças vieram nos encontrar, fazendo festa: não fosse a cor da pele e dos cabelos, poderia se dizer que todos eram irmãos, pois usavam roupas feitas do mesmo algodão e brim riscado, chapéus de palha e pés descalços. Sorrindo, Jaciara se ofereceu para levar a mala, e aceitei, agradecida. Aos quinze anos, Jaci era uma bela morena. Contudo, a natureza havia sido cruel: o que lhe dera em beleza, roubara em audição. Era surda-muda e se fazia entender apenas através de sinais.

Enquanto eu lavava os pratos, depois da janta, a sinhá colocou os filhos na cama e se arriou junto à mesa com a cabeça entre as mãos. Ela nem precisou falar, pois eu entendia o seu nervoso. Os grãos levados ao moleiro eram os últimos que restavam nas tulhas. Ela guardou apenas duas latas de sementes destinadas ao plantio. Para economizar, a gente vinha misturando mandioca, batata-doce e inhame à massa do pão. Daqui para frente, sem farinha para dar a liga, nem isso poderá ser feito. E haverá falta de pasto para os bichos, pois a alfafa secou na roça, e o milho, temporão, não chegou a crescer. Sem boia para as vacas, não haverá leite. Sem ração, os porcos não engordam e as galinhas deixam de pôr.

Durante a noite, debati-me como nunca, atormentada com a fome que se avizinhava. Eduardo, Melina e Christiano, com idades entre dois e oito anos, dependiam apenas da mãe, uma viúva falida que não falava a língua da nação. E eu só contava com o apoio de uma bugra amestiçada, que sofria de bócio, cujo marido tinha dificuldades em levantar os próprios pés. E ainda havia uma jovem surda-muda e dois meninos sem força para o trabalho. Fosse como fosse, e independente da seca, eu precisava garantir o nosso sustento. Levantei aos primeiros alvores da madrugada e comecei a trabalhar. Quando Xanda entrou na cozinha, eu já havia picado os gravetos e acendia o fogão para preparar o café.

— Está librinando, sinhá. Mas não vai chover de fato. Nós ainda vamos sofrer muito com a danada dessa seca.

— Mesmo assim, vamos semear os nossos grãos. Essa umidade vai fazê-los brotar — respondi, tentando ser otimista.

A terra arada esperava pela chuva havia semanas. A garoa era um bom indício, forcei por acreditar. Deixamos Jaciara tomando conta dos pequenos, como sempre, e fomos para a lavoura. Júlio conduzia a carroça que levava o arado, o escarifador e as sementes. Francisco, encarregado de caçar algum animal silvestre para o almoço, tangia a junta de bois que puxaria o arado. Xanda e eu marchávamos na retaguarda, cada uma remoendo os próprios pensamentos.

Júlio sempre foi um touro para a labuta, mas justo hoje, num repente, quase se finou. Meia hora depois de iniciar a lida, deu de vomitar, estrebuchando-se aos gritos de ai, ai. Sinhá mandou levá-lo para casa, preparar um chá e, se isso não vingasse, era providenciar a vinda do curandeiro. Fiquei vexada, com o peito dividido entre servir a patroa naquela empreitada e acudir o pai dos meninos, que berrava, agoniado. "Era nó nas tripas", ele dizia, suando frio. Depois de muito ponderar, dei-me por vencida. Atrelei os cavalos, instalei-os na carroça e retornamos para casa. O coração minguava amargurado por deixar a sinhá sozinha naquela hora. Mas não tinha outro jeito. A coisa era séria, pois o negro lascava uma gosma esverdeada pela boca e revirava os olhos, urrando de dor. Chegando ao terreiro, corri para fazer o chá, pois o homem não conseguiu apear e ficou ali mesmo, enrodilhado em sua agonia. Mas o pior é que desgraça nunca vem solita, eu já devia de saber. Num dos quartos, atrás da porta fechada, Quirino e Terêncio, mais as crianças da sinhá choravam desatinados; no outro, Jaci perdia a inocência forçada por um vizinho. Quando o infeliz deu por conta, eu já estava em riba dele, com o forcado nas mãos. Os dentes de ferro se enterraram no macio de suas carnes, enquanto eu mirava os olhos dele.

Mais sozinha do que nunca, atrelei os bois ao arado, revolvi a terra, abri as valas, preparei as covas largando apenas três grãos de milho de cada vez. E depois, com todo o cuidado, cobri-as com os pés. Não tive forças para usar o semeador manual, como seria adequado. Concluída essa tarefa, espalhei o trigo sobre a terra fofa, ao lado da primeira lavoura, usando o escarifador para cobri-lo. E tudo isso foi feito sob a garoa fina que descia mansa, como um nevoeiro, regando o eito. Eu estava ensopada, mas aquela umidade não vinha apenas do céu ou do suor que me cobria. De meu corpo brotava mais uma essência, que se misturava ao chuvisco benfazejo. Como num ritual de fecundidade, a eira foi adubada com o sangue que manava de meu ventre e caía ao chão, misturando-se à terra vermelha.

Quando arranquei o forcado das partes do branco, ele correu em direção à pinguela, gritando, desesperado. Sorri, apesar de tudo, certa de que aquele sujeito nunca mais ia emprenhar mulher alguma. Quando voltei para a carreta, vi que não carecia mais chamar o curandeiro, pois o negro havia descansado. O Senhor dá, o Senhor tira. Jaciara, já refeita, me ajudou a cuidar do corpo do pai. Não carecia trazer mais inquietação para a sinhá, que já andava muito aperreada. Enfim, naquela safra, ninguém plantou na Linha Germânia, a não ser a doida da Noêmia, que desperdiçou suas sementes, no dizer de todos, pois a seca se espichou por mais um mês depois daquela chuvinha enganosa. Foi um tempo de consumição em muitos ranchos, onde a Bíblia dos brancos fez falta. Por causa de uma guerra, lá nos estrangeiros, elas esperavam pelos donos enterradas no mato, envoltas em panos, resguardadas dentro de latas de querosene. Os tais livros santos não foram coibidos pelos seus preceitos, mas pelo idioma da escrita. Coisa que foge do meu entendimento, pois se até os abugrados como nós falavam nessa língua, como é que podia ser crime ter ela nos escritos? Mas, com a graça de Deus, e contrariando predições e agouros, sinhá Noêmia alcançou perto de vinte sacos de milho e doze de trigo naquela safra. No dia da messe, ela não estava mais sozinha. O marido que a mãe lhe arranjou, dessa vez taludo e forte, segou o trigo, quebrou as espigas de milho, debulhando os grãos, enquanto semeava seu ventre para mais uma colheita.

# APENAS MOSCAS

No salão nobre da Câmara do Comércio, o cheiro de flores e velas enfastiava a multidão, mas ninguém saía. O morto era importante. Ele repousava num esquife metido num terno caro, com os cabelos brancos contidos pelo gel, com uma aura de respeitabilidade que o sorriso talhado na face inerte desmentia. No lado direito, a segunda mulher espremida num vestido preto, rasgado por um decote pronunciado. No esquerdo, Helena e as duas filhas do primeiro casamento. As quatro mulheres cruzaram os olhares sobre o defunto com raiva contida.

Um murmúrio abafado acolheu a secretária do falecido, que entrou hesitante: o rosto encovado, os olhos baixos. Ela estacou imóvel, olhando o homem que sugara sua juventude com promessas não-cumpridas.

O silêncio foi cortado pelo som de um tapa, estalado na cara do morto. Os entediados despertaram. As viúvas suspenderam a respiração. As filhas arregalaram os olhos. As comadres, curiosas, espicharam os pescoços. A mulher murmurou:

— Moscas. Ele odiava moscas.

E depois, recompondo-se, ela saiu da sala pisando firme, com os ombros aprumados e um sorriso distendendo os lábios murchos.

# ITANHANGÁ

O ônibus dobrou a esquina exatamente às três horas, parando em frente à estação rodoviária de Itanhangá. Apenas dois passageiros deixaram o coletivo: Cristina e o jovem negro que havia sentado ao seu lado durante a viagem e com quem ela havia dividido o lanche. Desejando boa sorte, o rapaz se despediu, tomou a mochila e desapareceu por entre as pequenas construções. Enquanto esperava o motorista tirar suas malas do porta-bagagem, a moça ficou olhando a cidadezinha que se derramava ao redor da praça. Apesar do cansaço e dos pés doloridos e inchados pela imobilidade das últimas horas, ela carregou seus pertences até o restaurante da pensão que ficava na esquina seguinte.

A cidade estava deserta, eram raras as pessoas que transitavam pelas ruas. Ela concluiu que os moradores se resguardavam do intenso calor da tarde. O sol se escondia de vez em quando por entre nuvens escuras, que corriam lentas pelo céu, num prenúncio de chuva grossa.

A tabuleta de madeira pintada com o nome de Pensão Itanhangá, presa por uma corrente, balançava, como que tocada por uma brisa invisível, produzindo um rangido que se perdia entre os redemoinhos que varriam a rua, surgindo e desaparecendo em seguida. Cristina entrou no estabelecimento e largou a bagagem junto a uma mesa.

Assim como a cidade, o restaurante estava vazio. Ela flexionou o corpo, respirando fundo, enquanto fazia o reconhecimento do ambiente. Após aguardar alguns instantes, bateu no balcão com as juntas dos dedos.

Uma dezena de mesas dispostas uma ao lado da outra, cobertas por toalhas de algodão axadrezado de vermelho e branco, espalhava-se ordenadamente pelo estabelecimento. Tudo ali era simples, porém, apesar da modéstia, havia um cuidado extremado com a limpeza. Alguns minutos depois, tornou a bater no balcão, desaminada e com a garganta seca.

Sentou numa das mesas para esticar as pernas e fechar os olhos. Foi surpreendida por uma senhora gorda, que apareceu à sua frente, saindo por detrás de uma cortina de penduricalhos unidos por cordões. Antes de lhe dirigir a palavra, a mulher gritou para o interior da casa, chamando por alguém.

— Boa tarde — Cristina balbuciou.

— A moça precisa de alguma coisa? — a mulher perguntou, ignorando o óbvio.

— Estou com sede e fome. A senhora poderia me servir alguma coisa? Cheguei no ônibus ainda há pouco.

— Então, a moça é a nova professora de Itanhangá. Os Winters vieram esperá-la ontem. Foram embora à noite.

Enquanto a mulher falava, Cristina era servida por uma jovem negra de olhos verdes. A refeição foi farta.

Alimentada e refeita da fadiga, Cristina perguntou à mulher que continuava por ali se não havia algum meio de chegar até a casa dos Winters.

— Hoje, vai ser difícil. As estradas estão muito ruins. O melhor é falar com o dono do táxi. Pode deixar as malas aqui, que a gente toma conta. O ponto é ali, ao lado da igreja — ela apontou.

Cristina atravessou a rua, que continuava na mesma calmaria anterior, tomou uma das alamedas e, sob a sombra abundante das acácias, atravessou a praça. De um lado do caminho estreito forrado por seixos de diversos tamanhos, um velho pé de umbu, com suas raízes retorcidas, abrigava vários idosos que faziam cestos de vime. No outro, um caramanchão coberto por densa folhagem servia de proteção para várias crianças que brincavam de cinco-marias sentadas sobre pelegos.

Cristina sorriu, imaginando que aquela cidade seria o cenário ideal para algum filme de época. Tudo era antigo, como se, de algum modo, o tempo tivesse parado e ela tivesse ficado presa numa de suas dobras. Não viu nenhum carro, apenas algumas charretes que circulavam vagarosas pelas ruas.

A praça terminava abruptamente em frente à igreja. O templo em estilo gótico era pequeno e modesto, com a pintura prejudicada pelo tempo. Na verdade, havia um ar de abandono e tristeza naquela edificação, pois os cuidados com o jardim terminavam antes do adro, no fim da praça. A partir dali, o mato crescia livre, entrando pela porta carcomida pelas intempéries.

Pouco adiante, um homem lustrava um carro, tão velho quanto ele. Cristina o cumprimentou e foi direto ao assunto. Ele ouviu calado, sem interromper o seu trabalho. Por fim, respondeu:

— Hoje não vai dar, por causa da chuva. Quando chove, a estrada fica cheia de barro.

— Mas ainda não choveu — a jovem respondeu, irritada. — E são apenas trinta quilômetros. Eu pago bem.

— Não é pelo dinheiro não, dona. Tenho medo de ficar atolado na estrada de noite. É perigoso — explicou, sem levantar os olhos.

Ela ainda tentou argumentar, mas o velho não mudou de opinião. Aborrecida, retornou ao restaurante da pensão. A proprietária não se surpreendeu com a recusa do motorista. Impotente, Cristina perguntou se havia algum lugar onde poderia se hospedar na impossibilidade de continuar a viagem. A mulher respondeu que o único hotel da cidade estava em obras e não recebia hóspede, e ali na pensão não havia vagas.

— Mas que droga de cidade! Onde já se viu um lugar que não tem hotel, ônibus ou táxi? — ela resmungou.

A gorda deu uma risada e mandou que procurasse o prefeito para fazer suas queixas. A jovem aceitou a sugestão e, deixando suas malas novamente sob os cuidados da mulher, subiu a colina, recebendo o vento quente no rosto. Andou por dois quarteirões até chegar ao prédio baixo e quadrado, pintado de cinza-claro com as janelas verdes. Era ali a prefeitura. A porta estava entreaberta, e Cristina entrou, esbarrando no seu companheiro de viagem.

— O prefeito está? — perguntou, sem preâmbulos.

— O coronel saiu ainda agora. Posso ajudar em alguma coisa? Sou o porteiro e o ajudante de ordens do prefeito.

Ela explicou o caso, e ele se propôs a ir até a casa do patrão. Sem alternativa, ela sentou num velho banco em frente ao prédio e ficou esperando. Cerca de meia hora depois, o rapaz retornou, ainda correndo. O suor deslizava pelo seu rosto e manchava o tecido da camisa sob as axilas.

— Você está com sorte. O coronel vai levá-la até a casa dos Winters — ele informou, num fôlego só. — Espere na pensão.

Ela agradeceu a gentileza, se despediu e voltou para a pensão. Algum tempo depois, um jipe parou em frente ao estabelecimento, e o rapaz da prefeitura entrou apressado.

— Moça, o prefeito está aí em frente. Vim ajudá-la com a sua bagagem.

Sem esperar resposta, pegou as malas e se foi, com a mesma afobação com que havia entrado. Cristina agradeceu à dona da pensão e saiu para a rua. Seus pertences já estavam no jipe, e o porteiro sorria. Ela apertou-lhe a mão, grata pela boa vontade.

O prefeito estava sentado ao volante e fez apenas um aceno em sua direção. Ela galgou o estribo do veículo e se acomodou ao seu lado, cumprimentando-o. Sem responder, ele deu a partida no carro, que disparou ladeira abaixo. Era um homem entrado em anos, com os cabelos revoltos e encanecidos. Um grosso bigode amarelado cobria os lábios grandes, escondendo os dentes manchados pela nicotina.

Num trecho em que a estrada estava em melhores

condições, ela se apresentou, falando o mais alto que podia. O velho deu uma risada e disse que era comum o carro da prefeitura levar as professoras para os povoados a cada início de ano letivo. Ela não era a primeira e nem seria a última nessa temporada. E, depois, completou:

— Independente de você ter chegado à cidade fora do prazo, eu já havia programado minha visita aos Winters.

Durante as duas horas de viagem, subindo e descendo ladeiras, desviando de atoleiros, contornando boçorocas abertas pelas enxurradas ou atravessando córregos, Cristina foi embalada pela voz enfadonha do velho a contar histórias pitorescas ligadas à sua vida política. As piadas mais picantes eram sempre creditadas aos seus opositores, e ele, invariavelmente, havia levado vantagem em todas as ocasiões.

Estava escuro quando o veículo estacionou em frente a uma grande construção colonial. Após buzinar duas vezes, o velho pulou do jipe com agilidade, retirando as bagagens da professora. Nesse meio-tempo, a porta se abriu, deixando sair um grupo de crianças, lideradas por um casal de idosos. No interior da casa, acenderam-se as luzes.

O prefeito foi reconhecido, e as saudações se fizeram ouvir de todos os lados. Os visitantes foram levados aos empurrões para o interior da casa. Lá dentro, o prefeito fez as apresentações:

— Professora, esse é Rudi Winters, nosso bom campeão de bolão. Essa é Gertha, esposa dele e mãe da Miriam. Anselmo é marido de Miriam e pai dessas lindas crianças. Ah, e esse moço é o Rubens, também filho do Rudi e da Gertha.

— Boa noite — Cristina murmurou. — Vocês têm três crianças muito bonitas — disse por cortesia.

— Nas vésperas de quatro — respondeu o robusto colono, apertando sua mão com firmeza.

Ela mal balbuciou algumas palavras de agradecimento pela acolhida, uma vez que o coronel explicava sua chegada intempestiva e respondia a uma centena de perguntas, que eram feitas simultaneamente pelos cinco adultos. As crianças acomodaram-se todas num banco, atrás da mesa de madeira escura, guarnecida por uma toalha colorida de algodão, fitando-a com visível interesse. Ela sorriu, piscando um olho. Encabuladas, todas baixaram os olhos, rindo dissimuladas.

Num instante, mãe e filha serviram a mesa com grandes travessas de carne de porco assada, aipim, arroz, feijão e alface. Jantaram num clima de alegria, pois o prefeito, além de contador de histórias, também era bom de garfo.

Num intervalo das conversas, Cristina perguntou onde ficava a escola. Rudi indicou a peça ao lado, dizendo que a sala de sua casa era usada como salão de baile, escola e local para os cultos, entre outras atividades comunitárias. Miriam os interrompeu, mandando a filha mais velha conduzir os irmãos para o quarto, preparando-os para dormir. Não se ouviu nenhum protesto.

Logo após a refeição, o coronel se foi, informando que pernoitaria na casa de um correligionário. Assim que o velho se retirou, Cristina foi levada para o lugar que lhe haviam destinado. Ainda não eram dez horas. A anfitriã explicou que costumavam levantar cedo e que, normalmente, naquele horário, todos já se haviam recolhido.

O dormitório era pequeno, limpo e perfumado por um arranjo de flores colocado numa jarra de vidro, que descansava sobre a cômoda. Além da cama, havia um roupeiro e uma mesa com duas cadeiras. Na janela, cortinas de algodão branco enfeitadas com rendas de crochê. Um tapete de retalhos criativamente unidos alegrava o ambiente.

Assim que a dona da casa se foi, Cristina deitou, após tirar os tênis e as meias, respirando aliviada. Lembrou que na noite anterior havia dormido em casa, no quarto que a vira crescer. Parecia que já se haviam passado muitos anos entre o seu embarque na estação rodoviária de Porto Alegre e a chegada a esse lugarejo perdido na imensidão de campos e lavouras. Seus pensamentos foram se tornando nebulosos e ela adormeceu, mesmo vestida como estava.

Acordou sobressaltada. Conversas misturavam-se ao cantar dos galos, ao mugir das vacas e ao latir dos cães. Percebeu que seria impossível continuar a dormir. Levantou, fez uma rápida higiene numa bacia de louça com a água de uma jarra. Guardou seus pertences, trocou a roupa de véspera e saiu do quarto à procura de um banheiro. Não havia nenhum sanitário em toda a residência. Uma das crianças indicou uma casinha de madeira, localizada a uma dezena de metros da casa. Era antiquada, mas serviu para os propósitos do momento.

Ela retornou ao quarto e lavou as mãos com cuidado. Repugnava-lhe a falta de instalações sanitárias adequadas.

Chegou à cozinha através de um longo corredor que ligava todos os aposentos. As mulheres arrumavam a mesa enquanto sorviam o chimarrão. Cumprimentou-as, sentindo-se totalmente deslocada. Num esforço, aceitou um mate. Sugou demoradamente a bebida quente e amarga, examinando a cozinha, que tinha o tamanho do apartamento da sua família em Porto Alegre.

Num canto, junto ao fogão à lenha, Miriam e sua filha escolhiam o feijão, jogando-o numa panela. O tilintar dos grãos contra o alumínio ressoava pelo cômodo. No lado oposto, ficava a talha de água, uma grande peça de cerâmica com a tampa pintada de verde, que conservava a água utilizada para a alimentação. Junto dela, um tripé de ferro sustentava uma bacia utilizada para lavar as mãos. O sabão estava colocado sob a bacia, num pratinho preso à armação. Dependurada na parede, havia uma toalha de algodão alvejado ornado por uma barra de crochê; por trás do tripé, uma gamela de madeira, usada para lavar os pés. Cistina compreendeu que a higiene da família era feita ali, sem maiores cuidados.

Dominando a cozinha, havia a mesa de refeições, que poderia acolher duas dezenas de pessoas. No lado oposto, uma cristaleira de madeira burilada pelo tempo, com a parte superior guarnecida por um vidro lavrado, protegia copos, pratos e xícaras da poeira e dos insetos. O assoalho de tábuas corridas era alvíssimo.

Entretida no exame do ambiente, não percebeu a chegada do restante da família para a primeira refeição do dia. As crianças de rosto lavado e cabelos penteados haviam se esgueirado para o mesmo banco ocupado na noite anterior. Gertha, a mulher mais idosa, serviu a todos. Pouco se falou durante o desjejum.

Depois de alimentados, os homens saíram para o campo. A mulheres organizaram a cozinha e foram carpir uma horta fechada por um tapume de taquaras e arames tramados entre si.

— A *crosmutta* disse que a horta deve ficar sempre fechada, senão os bichos acabam com os legumes e verduras — explicou um dos meninos.

— As galinhas caipiras são boas para comer — informou Olga, a menina mais velha. — Aquelas do aviário, que comem apenas ração, não fazem bem para a saúde.

— A gente só come o que a natureza dá — completou o irmão.

As crianças acompanharam a professora numa excursão pelo sítio, embora tenham deixado claro que, normalmente, também tinham obrigações a cumprir. Nesse dia, porém, haviam sido dispensados para familiarizá-la com a propriedade. Visitaram os chiqueiros, onde os porcos eram mantidos para o engorde, o aviário e as cocheiras. Cristina ficou surpresa pela fartura e abastança da propriedade, embora tenha achado todas as instalações antiquadas.

No pomar, havia uma infinidade de frutos nativos, como pitangas, gabirobas, quaresmeiras, jabuticabas, cerejeiras e maracujás. O pomar terminava junto a um arroio de águas transparentes.

— A gente usa a água do riacho para tudo, menos para beber. A água da cozinha vem da vertente, lá do outro lado, naquela pedra — explicou um dos meninos. — Mas a senhora não deve ir até lá sozinha. É perigoso. A bruxa pode lhe pegar.

Ele mal pronunciara essas palavras, quando as outras crianças recriminaram-no, mais assustadas do que seria o normal. Percebendo o pavor em seus rostos, Cristina prometeu não falar sobre esse assunto com os adultos. Eles respiraram aliviados.

Depois do almoço, Rubens a levou até o celeiro para mostrar como os cereais eram armazenados após a colheita. As tulhas, enormes caixas de madeira, estavam abarrotadas de trigo, milho, soja, feijão e toda a sorte de grãos.

— Por que vocês ainda não os venderam? Não haverá lugar para a nova safra — ela questionou.

— Esses grãos são para a família, não para vender. A colheita vai direto para a cooperativa. Nós não usamos nada com agrotóxicos — explicou o rapaz, com um certo desprezo na voz.

Cristina calou-se, pois ele parecia aborrecido com a sua ignorância. Para dissipar aquele mal-estar, ela pediu para ir até a fonte. Ele pareceu contrafeito, mesmo assim, acompanhou-a até o outro lado do córrego, através de uma pinguela. Atravessaram o arroio, subindo por uma ladeira até um amontoado de pedras negras. A água jorrava fresca e deliciosa por entre as rochas, caindo num tanque natural, de onde era recolhida através de um balde para ser levada até a cozinha.

— Por que vocês não canalizam essa vertente? Com apenas alguns canos e um pouco de boa vontade, seria possível ter água corrente em casa. A gravidade levaria a água até lá — ela sugeriu.

— A saída não é suficiente — ele explicou, amuado.

— Aumenta-se a vazão, ampliando a saída na rocha — insistiu.

— O pai não quer — ele respondeu, descendo a ladeira na sua frente.

Cristina ocupou o resto da sexta-feira limpando o salão, arrumando as cadeiras e o quadro da sua futura sala de aula. Ao lado do quadro-negro, cercado por uma proteção de ripas, existia uma espécie de totem de madeira, com exóticas figuras recortadas em baixo relevo; ao lado, dois vasos com flores frescas. Sorriu, feliz. Havia alguém naquela casa que também gostava de flores.

No sábado pela manhã, a rotina pareceu ser a mesma, e ela levantou quando o sol ainda não havia despontado, encaminhando-se para a cozinha. A família reunida tomava o chimarrão matinal. Sua aproximação não foi percebida, e ela ouviu com clareza quando Rudi recomendou com voz áspera:

— Não quero ninguém se fazendo de amiguinho dessa rapariga. O destino dela já está traçado, e vocês sabem como será.

— Mas, pai, talvez ela não seja igual às outras — Rubens murmurou.

— Cale-se — respondeu o velho, quando percebeu a presença de Cristina.

Ela os cumprimentou, ignorando o que tinha ouvido, e sentou no grande banco de madeira, geralmente utilizado pelas crianças. Gertha estendeu a cuia e perguntou de chofre se Cristina tinha deixado algum namorado na cidade.

— Desculpe-me, mas isso é assunto particular — respondeu, tomada pela surpresa.

A velha se justificou dizendo que tinha se expressado mal. Depois, falou que haveria um baile numa localidade próxima e, se ela não fosse comprometida, poderia ir com o seu filho e mais alguns amigos.

Apesar da indelicadeza da mulher, Cristina ficou entusiasmada pela possibilidade de conhecer outras pessoas. Voltou-se para o rapaz para agradecer o convite, mas sentiu que a ideia não fora dele, mas da mãe.

— Esteja pronta lá pelas sete horas — Rubens recomendou, saindo apressado da cozinha.

Depois da refeição, Cristina se ofereceu para ajudar Miriam em alguma tarefa, pois notou que sua gravidez estava bem adiantada. A outra perguntou se ela sabia costurar e, ante sua afirmativa, sorriu e foi buscar alguns cortes de tecido. Olga precisava de roupas novas.

A menina lhe entregou um vestido recomendando que copiasse o modelo. Cristina sugeriu que fizessem bermudas e blusas. A menina se calou, cruzando os braços. A mãe veio em seu socorro, dizendo para Cristina que preferia o vestido conforme a determinação da filha, pois elas não usavam roupas abusadas. Cristina, então, compreendeu o porquê de todas as mulheres da casa usarem roupas antiquadas, de longas saias e mangas compridas.

Não lhe permitiram fazer nenhuma prova. Quando ela pensou que sua tarefa estivesse concluída, Gertha lhe entregou um corte de tecido branco, macio ao tato, mandando fazer uma camisola. Depois de dar acabamento à peça, Cristina recolheu os retalhos. Quando se preparava para jogá-los fora, Miriam chegou correndo e os tomou de suas mãos, dizendo que as meninas gostavam de usar os retalhos nas roupas das bonecas. Ela os entregou e se afastou.

No fim da tarde, perguntou à dona da casa onde podia tomar um banho completo e lavar a cabeça, porque até então vinha fazendo uma higiene mínima. Ela indicou o arroio. Cristina foi até o quarto, despiu o jeans e a camiseta, colocou um roupão atoalhado sobre as roupas íntimas, calçou um par de chinelos de borracha e, com a toalha e os produtos de higiene nas mãos, seguiu o córrego até encontrar um local protegido por uma vegetação densa. Largou os objetos sobre uma pedra, olhando em volta para ver se não estava sendo observada. Banhou-se demoradamente. Depois de secar-se, vestiu a roupa íntima. Estendeu a toalha de banho sobre uma pedra e deitou ao sol, espalhando os cabelos para secá-los. Assim, cochilou.

Cristina acordou assustada com o ruído que Rubens fazia ao nadar a poucos metros de distância. Estava nu. Ela sufocou um grito e ficou imóvel. Ele se virou, mergulhando rapidamente. Ela, por sua vez, vestiu o roupão e saiu correndo em direção à casa. Entrou afogueada em seu quarto e se deteve após de trancar a porta.

Algum tempo depois, já refeita do susto, escovou os cabelos até torná-los brilhantes, fez uma maquiagem suave, colocou um vestido verde-água e calçou as sandálias douradas de salto alto. A cor do vestido combinava com os seus olhos e com os brincos. Depois de perfumar a nuca e os pulsos, foi para a cozinha. Rubens se juntou ao grupo em seguida e, sem olhar para Cristina, disse que estava na hora. Sua mãe os acompanhou até o carro, uma caminhonete moderna, que a jovem ainda não tinha visto no sítio. Os dois acomodaram-se no veículo, despedindo-se com acenos.

Os primeiros quilômetros foram feitos em silêncio. O rapaz tinha toda a atenção voltada para a estrada, e ela ficou observando o seu perfil. Era um belo homem, apesar da arrogância, pensou. Perdida nessa divagação, assustou-se quando ele perguntou:

— Então, fui aprovado?

Fingindo não ter entendido, ela respondeu:

— Você dirige muito bem. Melhor do que eu, suponho.

— Não se faça de sonsa — ele retrucou, diminuindo a velocidade. — Você ficou olhando enquanto eu nadava. Estou em desvantagem. Tenho direito à desforra — ponderou, enquanto parava o carro.

Antes que Cristina pudesse responder, ele se virou e a tomou nos braços, beijando-lhe os lábios com força enquanto suas mãos exploravam-lhe o corpo. Ela o empurrou e se afastou. Sua vontade era abrir a porta do carro e correr pelos campos, mas sabia que seria uma tolice, pois não tinha ideia de onde estava.

Ele desculpou-se e ligou o rádio. Ela ficou calada, encolhida junto à porta.

— Tenho várias fitas com músicas sertanejas, e até um pequeno rádio. Posso emprestá-los, se você quiser.

— Vou adorar — ela murmurou, procurando ser simpática.

Pouco tempo depois, o carro parou. Haviam chegado ao local da festa. Rubens estacionou o veículo perto de um plátano frondoso. Foram recebidos por diversos rapazes e moças que ocupavam uma grande mesa. Os rapazes apertavam sua mão, enquanto as meninas davam os costumeiros três beijinhos de boas-vindas.

A banda tocava, e Cristina foi convidada para dançar por um dos amigos de Rubens. E quando ele a largou, outro se apresentou. E assim ela dançou com todos os rapazes. Rubens insistia para que ela tomasse um copo de cerveja gelada sempre que retornava à mesa. Cristina estava tonta quando o seu acompanhante finalmente a tirou para dançar. Ela sentiu o calor do corpo que se colou ao seu e o perfume almiscarado penetrando nas narinas. Ela nunca havia sentido tanta alegria ao dançar com uma pessoa. Deixou-o encostar o rosto ao seu, e vagaram assim pelo salão, acompanhando a música. Tudo parecia perfeito até ele dizer que já estava na hora de retornar para casa. Ela protestou. Afinal, o relógio marcava apenas onze e meia da noite. Mas Rubens foi firme.

Despediram-se do grupo, retornando para o carro. Ele a abraçou, fazendo com que ela apoiasse a cabeça no ombro dele durante a viagem.

Pouco antes da meia-noite, chegaram ao sítio. Pararam perto do córrego, e Rubens a convidou para um banho. Ela replicou que a água devia estar gelada, mas ele insistiu e, despindo-se, mergulhou. Ela temeu as consequências, mas o poder de sedução dele havia vencido. Tirou a roupa e jogou-se na água gelada. Depois de alguns mergulhos, ela subiu sobre uma das pedras, tiritando de frio. Chamou por ele sem obter resposta.

Após insistir por alguns minutos, entrou em pânico. Chegou a imaginar que ele tivesse se afogado. Seus gritos devem ter despertado os moradores da casa, porque logo toda a família estava ali junto ao regato.

Gertha enrolou-a numa toalha, ajudando a secá-la, enquanto Miriam lhe vestia uma roupa ampla, ainda junto à torrente. Rubens desaparecera.

A família a conduziu com pressa. Cristina pensou

que se dirigiam para a casa, mas, quando atravessaram a ponte, percebeu que iam para o lado oposto. Ficou inquieta e quis retornar. Eles não permitiram e a forçaram, como se a tangessem. Gertha a empurrava para frente, e os outros os seguiam, cantando. Ninguém respondia às suas perguntas. Chegaram à fonte de água. As pedras negras brilhavam, agora cercadas por uma profusão de velas acesas. Nesse momento, ela percebeu que usava a camisola branca que havia costurado naquela tarde.

Rudi e Anselmo tomaram seus braços, forçando-a contra uma das pedras. Ela resistiu. Gertha deu-lhe um tapa no rosto e mandou que ficasse quieta, falando uma série de palavrões.

— Vocês estão loucos? O que está havendo aqui, pelo amor de Deus — Cristina gritava, enquanto eles prendiam os seus braços, esticando-os, um para cada lado, assim como suas pernas. Só então ela percebeu que havia sido colocada entre quatro estacas, onde seus membros foram amarrados. Enquanto os homens faziam isso, ela tentava se libertar, pulando e empurrando-os e retorcendo-se o quanto podia. Todos entoavam uma estranha cantiga, em que ela distinguia apenas algumas frases: "Nhangá, o deus das trevas, Ita, deusa da pedra, te pagamos pela vida que nos dás e pela fartura de nossa mesa".

Amarrada e indefesa, ela via aquelas pessoas correndo ao seu redor no círculo de velas, enquanto Rudi, o agradável senhor de cabelos brancos, trazia o tal totem do salão, chamando-o de poteau-mitan.

Cristina se contorcia tentando se libertar enquanto a família continuava a rodar à sua volta, entoando mantras, repetindo sempre as mesmas palavras. Das crianças, apenas Olga estava entre eles, usando o vestido que Cristina fizera naquela tarde. Ela desenhava figuras nas rochas negras.

Rudi avançou sobre ela e ficou parado a alguma distância com as mãos pro alto. Sua família gritava: "Hungans", repetindo essa palavra num tom cada vez mais alto. Ele abaixou os braços e todos silenciaram. Então, ele começou a fazer uma espécie de reza, chamando pelos deuses.

Cristina os olhava sem acreditar. Gertha tomou um cesto, de onde tirou uma cascavel. Os guizos tilintavam quando a senhora aproximou a cobra do próprio rosto. Os outros continuavam a orar o mesmo mantra, cheio de palavras estranhas, que faziam ecos nos ouvidos da jovem: "Mambo, mambo, mambo".

Apesar de ter bebido um tanto, Cristina agora estava perfeitamente lúcida. Percebeu que era vítima de um sacrifício quando Olga trouxe um boneco de pano, feito com os retalhos da camisola que vestia. Sobre a cabeça do boneco, alguns fios de cabelos e uma fita que ela costumava usar. A menina entregou o objeto para a avó, que levantou o boneco para o alto e se dispôs a cravar uma das presas da cobra no lugar onde deveria existir um coração.

— Chega! Parem! Essa eu quero para mim! Ela é minha. Não vou deixar que a matem. Vocês nunca me deixam brincar com elas — Rubens chegou gritando com um revólver na mão.

Rudi tentou desarmá-lo. Não conseguiu. Cristina ouvia os gritos e os tiros disparados ao léu. Sentiu o sangue respingar em seu rosto. Enfim, perdeu os sentidos.

Quando acordou, reconheceu o quarto e a cama em

que dormira durante quatro noites. Rubens estava ao seu lado. Ela quis levantar, mas ele a empurrou delicadamente contra os travesseiros e disse:

— Descanse mais um pouco. Depois, nós vamos brincar — e começou a rir. Ela desmaiou novamente.

Cristina abriu os olhos e estava sozinha. Com dificuldade, levantou, tirou a camisola manchada de sangue, vestiu roupas íntimas, uma calça jeans e uma camiseta. Calçou os tênis, pegou a bolsa, juntou algumas roupas e as jogou na mochila.

A casa estava silenciosa quando ela saiu do quarto e atravessou o corredor. Da cozinha, ouviu o tilintar de pratos e panelas e a conversa das crianças. Apavorada, pulou por uma das janelas do salão, afastando-se a correr. Finalmente chegou à estrada. Escondia-se quando ouvia o ronco de motores. Andou várias horas até chegar à cidade. Sua exaustão era completa.

A noite descia, mas tudo continuava deserto, apesar da temperatura amena. Atravessou a praça a passos lentos, dirigindo-se à pensão. Resolvera pedir socorro à sua proprietária, que a havia recebido tão bem no dia em que chegou. Passava junto ao pé de umbu, quando ouviu uma voz:

— Senhorita, senhorita.

Estremeceu de medo e começou a correr. Logo, porém, o rapaz da prefeitura a alcançou, arrastando-a para a velha árvore. Acomodaram-se entre as raízes. Ela sentou ao seu lado, respirando com dificuldade.

— Não fale, apenas escute — ele ordenou.

Ela concordou com um aceno de cabeça. Sem interrupção, ele contou apressado que as pessoas da região tornaram-se fanáticas sob a liderança do prefeito. Antes, frequentavam a igreja e batizavam os filhos, mas, depois da eleição, o padre foi banido e a igreja, fechada. A partir daí, todos começaram a fazer cerimônias estranhas, invocando o espírito da noite, das pedras e da água, como os índios. Em seguida, passaram a incorporar elementos do vodu aos seus rituais. O prefeito os induziu a acreditar que deveriam trocar uma vida pela outra. Para uma criança nascer saudável, era necessário oferecer um sacrifício humano, o mesmo para a colheita ou para a cura de alguma doença.

— Mas isso tudo é uma insanidade. Precisamos detê-los — Cristina murmurou, assombrada.

— Ninguém pode provar nada. A cidade inteira está envolvida.

— A polícia. Devemos ir à polícia.

— Muitas jovens acabaram desaparecendo e ninguém fez nada. O prefeito domina a todos, incluindo a dona da pensão e o delegado. O Rubens é louco. Dizem que já matou algumas pessoas depois de seviciá-las. Você precisa sair daqui o mais rápido possível.

— Mas como? — ela perguntou, apavorada.

— Deixei minha motocicleta no saguão da prefeitura. Você saberia usá-la?

Ela assentiu. Então, ele a puxou pela mão e, esgueirando-se junto aos muros, chegaram a uma curva próxima à estrada. Enquanto andavam, Cristina perguntou por que ele não fugia também.

— Não posso fazer nada, nem sair daqui. Eles têm minha mãe e minha irmã como reféns. Mamãe é a sacerdotisa da seita. Vive presa sob constante pressão. Tanara, minha irmã, trabalha no restaurante.

Contou ainda que a cidade estava agitada em função da profecia de que todos morreriam queimados se nenhum sacrifício humano fosse feito até o segundo dia da lua cheia. E esse prazo findava dentro de uma hora.

— Você é a única da cidade que ainda não bebeu sangue humano. A deusa não aceita o sacrifício de quem já foi profanado. Eles dão algumas gotas de sangue até para as meninas que mamam no peito. Assim, protegem suas crias.

Dizendo isso, o rapaz se foi, deixando-a sob a sombra de uma árvore. Cristina aguardou, tomada pela angústia. Alguns minutos depois, ele retornou empurrando uma pequena motocicleta, que não passava de uma bicicleta motorizada. Desanimada, a moça argumentou que levaria horas até alcançar a cidade mais próxima. Ignorando essas palavras, ele apressou-a:

— Ande, vá logo. Não há tempo a perder.

Ela ligou o motor e desceu a ladeira em direção à estrada principal. Mas, olhando para trás, viu uma multidão enfurecida. Havia homens a cavalo, charretes e carroças nas ruas. O jipe do prefeito corria pela cidade de um lado para o outro.

Decidida, saiu da estrada principal e, cortando os campos, penetrou num bosque, buscando despistá-los. Algum tempo depois, tomou coragem e retornou para a rodovia. Chegando a um posto de gasolina, conseguiu carona num caminhão que rumava para a capital.